一套最全面最系统的分析理论
一套最具实战价值的分析理论
唯一免费全面讲解的分析理论

君山股道
系列丛书五

经典技术分析

解析经典技术分析的实战用法

君山居士 著

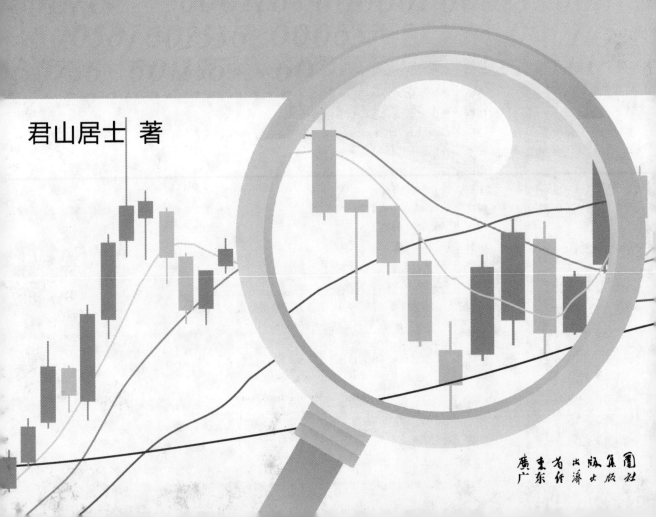

广东省出版集团
广东经济出版社

图书在版编目（CIP）数据

经典技术分析 / 君山居士著. —广州：广东经济出版社，
2008.4
（君山股道系列丛书. 5）
ISBN 978−7−80728−873−2

Ⅰ. 经… Ⅱ. 君… Ⅲ. 股票－证券投资－分析
Ⅳ. F830.91

中国版本图书馆 CIP 数据核字（2008）第 045099 号

出版 发行	广东经济出版社（广州市环市东路水荫路 11 号 11~12 楼）
经销	广东新华发行集团
印刷	佛山市浩文彩色印刷有限公司
	（南海区狮山科技工业园 A 区）
开本	787 毫米×1092 毫米　1/16
印张	12.5　2 插页
字数	204 000 字
版次	2008 年 4 月第 1 版
印次	2008 年 4 月第 1 次
印数	1~7 000 册
书号	ISBN 978−7−80728−873−2
定价	288.00 元（1~6 册）

如发现印装质量问题，影响阅读，请与承印厂联系调换。
发行部地址：广州市环市东路水荫路 11 号 11 楼
电话：〔020〕38306055　38306107　邮政编码：510075
邮购地址：广州市环市东路水荫路 11 号 11 楼
电话：（020）37601950　邮政编码：510075
营销网址：**http：//www.gebook.com**
广东经济出版社常年法律顾问：屠朝锋律师、刘红丽律师

序　言

　　"远离毒品，远离股市"曾经被媒体当作醒目的标题作为警示世人的名言。由于中国股市处在初期阶段，操纵、造假和圈钱等问题让股市一直处于大幅震荡之中，巨大的市场风险使得中国股市让人望而生畏，投资股市曾被人视为不务正业。而2005年开始的大牛市唤醒了中国人的投资意识，百年一遇的大牛市场重塑了人们的理财观，股市成了街头巷尾谈论的热门话题，随着越来越多的人投入到股市之中，中国证券市场获得了长足的发展，一些问题也随之暴露出来。大多数投资者满怀暴富的心态拿着一生的积蓄杀入股市，这让一些人陷入了可怕灾难性的误区之中，作为一个十几年操盘经验的分析师，自感有责任做点力所能及的事情来帮助一些朋友免于踏上不归路。

　　牛市会造就无数个"股神"，熊市这些"股神"又会销声匿迹，留给很多投资者的是迷茫，究竟股市可不可以预测？这个问题历来充满争议，特别是巴菲特和彼得林奇等让人尊敬的大师们一直警告人们不要预测股市，让随机漫步理论盛行，事实证明，两位投资大师的观点有点自相矛盾，两位投资大师都是随机漫步理论的反对者，他们都曾公开反对"股市是不可战胜的"，并用连续多年的业绩告诉投资者股市是可以战胜的，如果不可以预测，怎么可能战胜股市呢？显然，虽然两位投资大师告诫投资者股市是不可预测的，但却用他们自己的矛将之刺穿，用行动告诉我们股市是可以预测的。

　　人们投资股市的渠道主要有两种，一种是买基金，将资金交给专业人士管理；一种是自己操作，投资者究竟该选那一种方式进行投资？事实证明，大多数的基金经理虽然带着耀眼的光环，但并不能够战胜股市，经调查发现，全球能战胜大盘的基金经理不超过两成，更有意思的是，人们将基金经理的业绩和大猩猩选出来的股票进行比较，发现绝大多数的基金业绩并不能超过大猩猩。彼得林奇曾经说过："普通股资者只需用3%的智商就能够战胜股市。"因此，一些有时间和精力的朋友最好自己操作，享受

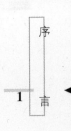

成功的喜悦。

"股市风险莫测，劝君谨慎入市"，只有经历过股市风风雨雨的投资者，才能深深体会此话其中的真谛。尽管如此，股市仍以其巨大的魔力，吸引着一批又一批投资者前仆后继：有人一夜暴富，腰缠万贯；有人功败垂成，倾家荡产。在股市中，金钱宛如纸上富贵，随时可能随风而去。那么，怎样才能够把握住股市稍纵即逝的机会，实现人生的梦想呢？在本系列书中我把我多年操作中的一些经验和体会奉献给大家，同时也希望能够抛砖引玉，和广大同仁共同为中国股市发展做出应有贡献。但愿能够为投资者的操作带来好的收益，能让投资者在操作中挥洒自如，游刃有余，最终驶向成功的彼岸。

现在投资者所应用的分析理论中，多为一些国外成熟市场的投资理论，应用于国内股市似有张冠李戴之嫌。首先由于这些理论翻译得不够系统和详尽，因此许多投资者不能领悟其理论的精华，只能从形式上了解理论的外在，却不能从理论的内在来分析行情的起因，知其然，不知其所以然，所以实际操作中效果总是不理想，投资失误率大大增加；另外，中国的股市是建立在市场经济不完善的基础之上的，股市并不能真正按照市场规律运行，政策一直占据着市场的主导地位，所以照搬和套用引进的东西不太适合。因此我们针对国内股市的特点，在拿来的基础之上，提出了全新的操作理念。我们首先提出了理性和务实的投资理念，既要在实际的操作中理性地分析和操作，又要采取务实的态度。我们不可能因为中国股市的市盈率高，就不参与股市投资；不可能因为现在的股市的各种机制不健全，就等到股市成熟以后再入市。只不过是不同的游戏需要不同的游戏规则，在本系列书中我们就提出了很多适用于国内股市的游戏规则。

《循环理论》一书是本系列书的核心，旨在介绍一套完整的操作系统。很多投资者往往把一些技术分析的方法当成制胜的法宝，其实股市中的成功者不是单靠一种技术分析就可以做得到，即使技术分析百分之百的准确也不能保证在股市中赚钱，综合素质才是重中之重。因此，《循环理论》一书详细论述了时间循环、空间循环、思维循环、资金管理循环和操作手法循环等五大循环，希望建立一个完整的操作系统以防止"盲人摸象"式的操作方式。本书也在实践的基础上提出了可行的新的技术分析工具，例如：百变图、趋势图等等，希望能给股民朋友提供有益的帮助。本书着重于投资的程序化、系统化。每一个成功的投资者，都需要具备投资的三个组成要素：健康的个人心理、合理的交易系统和出色的资金管理计划。这三要素好比凳子的三条腿，缺一条就会连人带凳子一起摔倒，而这其中，心理因素是至关重要的。一个成功的投资者应是良好的心理素质、有效的分析方法、科学的资金管理三者综合素质的体现，所以本书力求把影响股市成功的各种要素综合到一起，使投资者不要在投资中去钻牛角尖。为了使投资者有良好的心理素质，本书采取治标先治本的战略，从思维方式做起，挖掘思维的弊端，树立正确的观念；但是并没有抹杀技术分析的重要作用，于是出现了简洁有效的百变图、趋势图，并在资金管理上提出了"三带一原则"、"三取一原则"。最后用操作计划书来把三大要素连贯起来，一个完整的操作系统就出现在投资者的面前。很多投资者因为不是专业投资股市，没有时间去掌握理论的内涵，因此，本书技术分析着眼于简单，力求使投资者能够一目了然。趋势图、百变图等都是集各理论精华于一体，在操作和应用上都十分简单，投资者可以对其比较晦涩难解的理论内因不予理会，只要掌握操作原理就可以应用得得心应手了。

《长线法则》一书重在介绍选取长线股的法则。长线持有是我们四大法则之一，长线持有并不是简单的买上股票不动，而是必须买上好的股票才可以，本书解决了如何买进好股票的问题。明星股之所以会出现大幅飙升的走势并不是空穴来风，都具有其基本面的因素，本书介绍了十大超级大牛股的要素，如果一只个股具备的要素越多，这只个股就越具有大牛股的潜力。除了基本面选股十大要素外，本书还从技术面介绍了选取大牛股的方法。

《投资理念》一书介绍了一些成功投资者必须遵守的投资理念。正确的投资理念是成功的重要因素之一，本书重点介绍了操作手法中应遵守的投资理念和分析时应遵守的投资理念，本书还介绍了一些重要的分析技巧，例如：如何利用节气、周一效应等都是一些经过事实证明的非常有效的分析方法。

《短线绝技》一书重在介绍短线操作的一些方法。短线不是我们提倡的操作方式，但我并不反对短线，只是反对频繁的炒短线，中国股市的特色使得有些时候必须以短线投资为主。本书介绍了十八种短线买进的技法和十八种短线卖出的技法，同时进介绍了利用技术形态进行短线操作的技巧。

《经典技术分析》一书详细介绍了一些经典的技术分析方法。本书选取了形态分析方法、直线分析法和技术指标分析法等一些股票市场常用的

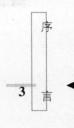

序
言

3

经典技术分析方法，并介绍了利用这些分析方法的心得。

《股指期货》一书详细介绍了股指期货的基本知识和分析方法。股指期货是"千呼万唤始出来，犹抱琵琶半遮面"，由于股指期货还没真正的开始，我们重点介绍了股指期货的基本知识，并结合我多年期货市场操作经验介绍了一些分析方法和投资理念。

股市没有天才，不断地将前人的理论应用于实践中，去其糟粕存其精华，并不断学习，不断创新，才能适应千变万化的股市行情。本系列书借鉴了不少前人成功的理论精华：艾略特的波浪理论，查尔斯·道的道氏理论以及费波纳奇数列也在百变图的分析应用中随处可见。作为一个后来者，能从这些前辈的理论中汲取营养，继承前辈理论的精华，把前辈的理论发扬光大也算是分内之事。但本系列书努力要做的不是与众不同，而是追求技术分析的简明和有效，使投资者在轻松之余也能有不菲的收益。

尽管笔者尽心尽力，但是因为水平有限，谬误之处、不足之处在所难免，恳求广大同仁批评指正。另外，本书的写作时间比较仓促，因此也难免有疏漏，希望广大股民朋友多提宝贵意见，共同为中国证券市场出一点绵薄之力。

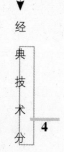

目　录

第一章

对技术指标的认识

第一节 技术分析基本原则

本书重点是探讨技术分析的形成原理和使用方法，在探讨技术分析之前，我们首先要明白技术分析的原理所在，技术分析的原理来源于技术分析派开山鼻祖查尔斯道，到目前为止，所有的技术分析都是建立在道氏理论的基本之上。查尔斯道所创立的道氏理论描述了技术分析的基础和原理，作为技术分析的宗师，其所创立的理论经过几百年的风风雨雨至今无人撼动。但是道氏理论的一些原理也存在着很大的争议，有些投资大师根本不认同，我们公认的股神巴菲特就是其反对者之一，他曾经说："面对图形分析师所研究的价量行为，我始终感觉惊讶！"现代金融学父法玛更称之为"占星术"。事实证明这些让人敬仰的投资大师犯了一个错误，他们掌握了成功的密码，却忽视了通向成功的路有许多条。当然脱离的基本的技术分析并不是万能的，就技术分析的基本原理而言也被相当多的投资者错误的理解。经过多年研究，我对道氏进行有选择地继承，并将一些原理进行扩展。下面就是我们借鉴了道氏理论的部分原理，并添加了实战中总结的经验性提出的技术分析原则。

1. 价格包容消化一切因素

这是技术分析的基本原理之一，道氏认为所有可能影响供求关系的因素都会由市场价格来表现，就连天灾人祸也同样如此，比方说战争、地震或者其他自然灾难也不例外。当然这些灾祸事先都难以料到，但是一旦发生，就会很快被市场通过价格变化消化吸收掉。这一点很容易让投资者产生两种误解：第一，价格已消化一切基本因素，任何基本面因素都可以不再考虑；第二，价格消化包容了一切未来的不确定性因素，事实证明价格只能消化过去，不能消化一些将来的不确定性变化。这两种误解神化了技术分析，却埋藏了亏损了种子，也招致了市场无效论者的攻击。事实上，由于信息传递等因素的影响，价格包容消化一切因素是理想状态。可以肯定的说，绝大多数情况下，价格能够包容消化一切基本面因素，但并不是全部。对于这一个原理，我认为是接近真理的有道理的假设。

价格包容消化一切因素需要有以下两个前提：

第一，基本面的变化是人所共知的。如果一些基本面只为某些人所知道，价格就不可能消化它，我们可以看到一些内幕消息只为少数人所知，股价自然就没有被消化完毕，只是消化一部分。只有那些能够被市场所有人共知的因素，价格具有完全消化它的可能性，但还不是必然性。

第二，对基本的变化，所有人的认识是同一方向的。如果基本面的变化投资者本身对其认识存在分歧，股价就不可能完全消化它。例如，某个消息出来后，一些人认为利好，一些认为利空，一些没有主见，那么这个基本面的变化股价不可能进行消化，因为它不知如何消化。

因此，对于股价包容消化一切因素这一技术分析原理，我们应理性地看待，不可产生极端的思维。

2. 市场是沿着趋势运行的

道氏的趋势定义是，只要相继的上冲价格波峰和波谷都对应地高过前一个波峰、波谷，那么市场就处在上升趋势之中。换言之，上升趋势必须体现在依次上升的峰和谷上。相反，下降趋势则以依次下降的峰和谷为特征。这是趋势的基本定义，是所有趋势分析的起点。

道氏把趋势分成三类：主要趋势、次要趋势和短暂趋势。其最关心者为主要趋势（或称大趋势），通常持续一年以上，有时甚至好几年。他坚信，大部分股市投资者钟情于市场的主要方向。道氏用大海来比喻这三种趋势，把它们分别对应于潮汐、浪涛和波纹。

主要趋势如同海潮，次要趋势（或称中趋势）是潮汐中的浪涛，而短暂趋势则是浪涛上泛着的波纹。从堤岸标尺上，我们可以读出每次浪涛卷及的最高位置，然后通过挨次地比较这些最高位置的相对高低就能测定海潮到底是涨还是落。如果读数依次递增，那么潮水依然在向陆地推进。只有当浪涛峰值逐步递减的时候，观测者才能确知潮水已经开始退却。

次要趋势（或中趋势）代表主要趋势中的调整，通常持续三个星期到三个月。这类中等规模的调整通常可回撤到界于先前趋势整个进程的 1/3～2/3 的位置。常见的回撤约为一半，即 50%。

短暂趋势（或小趋势）通常持续不到三个星期，系中趋势中较短线的波动。我们在第四章讨论趋势概念时，将采用与这里几乎一致的术语，以及差不多的回撤比例。

大趋势通常包括三个阶段。第一个阶段又称积累阶段。以熊市末尾牛市开端为例，此时所有经济方面的所谓坏消息已经最终地为市场所包容消化，于是那些最机敏的投资商开始精明地逐步买进。第二阶段，商业新闻趋暖还阳，绝大多数技术性地顺应趋势的投资人开始跟进买入，从而价格快步上扬。第三阶段，即最后一个阶段，报纸上好消息连篇累牍，经济新闻捷报频传，大众投资者积极入市，活跃地买卖，投机性交易量日益增长。正是在这个最后阶段，从市面上看起来谁也不想卖出，但是那些当初在熊市的底部别人谁也不愿买进的时候乘机"积累"、步步吃进的精明人，开始"消散"，逐步抛出平仓。

3. 价格的表现方式为趋势和形态

价格是有趋势的，但在趋势运行过程中，价格以两种方式表现，一种是方向性明确的趋势运行，另一种就是没有方向的形态整理。我们认为形态是趋势之母，对于形态分析上，我们要坚持交替原则，形态多会交替以各种不同的形式出现。

4. 历史会重演

技术分析是经验的总结，如果历史不会重演技术分析就失去了存在的基础，，证券市场看似硝烟弥漫，其实"华尔街没有新鲜事"，每天都在重复着过去发生过的一切，只是它不是简单的重复。

5. 交易量必须验证趋势

道氏认为交易量分析是第两位的，但作为验证价格图表信号的旁证具有重要价值。简而言之，当价格在顺着大趋势发展的时候，交易量也应该相应递增。如果大趋势向上，那么在价格上涨的同时，交易量应该日益增加，而当价格下跌时，交易量应该日益减少。在一个下降趋势中，情况正好相反，当价格下跌时，交易量扩张，而当价格上涨时交易量则萎缩。道氏理论实际使用的买卖信号完全是以收市价格为依据的。

对于这一点，我们的理论和道氏有所不同，我认为成交量是第一位的，成交量是所有技术分析的灵魂，价格的发展趋势需要量能的支撑，失去量能支撑的价格是可怕的，是不可靠的。

6. 唯有发生了确凿无疑的反转信号之后，我们才能判断一个既定的趋势已经终结

趋势具有惯性，如果没有外力作用，它很难会逆转，通常要持续发展。话说回头，要判别反转信号说起来容易，行起来困难。但是有了这个原则，我们操作起来可能增加很大的胜算，掌握这个小小秘诀，就能令您成多败少。

以上六点是我们所有技术分析的原则，脱离了这些原则，技术分析就如无水之鱼。

第二节　技术分析之招

虽然历史并不会完全重演，而且技术分析也受到一些基本分析者的非议，认为技术分析是一门玄学，但是技术分析仍然以其独特魅力而受到广大投资者的厚爱。在当前的证券市场中，技术分析和基本分析同等重要，是一个成功投资者的必备素质。因此，正视技术分析、掌握技术分析、科学运用技术分析显得尤其重要。

（一）正视技术分析

风云变幻的股市行情让靠消息吃饭的投资者摸不到头

脑，技术分析自然成为很多投资者的护身符。"包容和消化一切"的技术分析成了投资者救命的稻草，令许多投资者痴迷和神往。特别是随着中国股市的成熟，技术分析在市场中的地位显得越来越重要。对消息不太灵通的广大中小投资者，技术分析成了他们操作的首选。但对技术分析片面的理解，使得许多投资者误入歧途，因此，正确认识和使用技术分析成了至关重要的问题。

现在市场中有两种极端的思维存在。第一种是认为技术分析是一种虚无的东西，没有任何使用价值，对技术分析全面否定。有这种思想的人往往对技术分析没有足够的认识，没有体会到技术分析真正的实用价值。事实证明所有的投资者，都在或多或少地利用技术分析，包括那些对技术分析不屑一顾的投资者。而另外一种极端思维认为技术分析完全可以脱离基本面，掌握技术分析就可以无往不胜。甚至一些投资者把其当作玄学。客观地说，技术分析在证券投资中有着重要的利用价值，是一门实实在在的科学，但不是一门玄学，而且是一门较为深奥的科学。之所以称其深奥，是因为它是一对矛盾的统一体，即有作为事物发展有规律性可循的一面，同时又具有不确定的一面。否认行情发展的规律性，就会形成第一种极端思维；否认了行情具有不确定性，就会形成第二种极端思维。我们要想真正地把握和利用技术分析就要克服这两种极端思维，客观地认识技术分析。

一些技术分析派在运用技术分析时也会产生一些误区。其中最大的误区是把技术分析片面化，认为其只是一种独立的工具和手段，把技术分析仅仅理解为一种技术指标。实际上，投资者的操作包括很多方面，而每一个环节出现错误都可能会导致全盘皆输。因此，我们的技术分析应是一个全面的、系统性的、具有兼容性的操作平台。如果你把技术分析理解成为简单的一种技术分析手段，那么"你执行了非法操作，该程序即将关闭"的现象，将可能随时出现在你的操作中。我们每一次成功的操作都离不开以下几个方面：正确的投资理念、良好的心理素质、有效的技术分析手段、科学的资金管理。如果脱离了其他几个方面的配合，再好的技术分析也难逃赔钱的命运。因此，我认为广义的技术分析具有五个方面的内容：投资理念、思维方式、操作手法、分析手段、资金管理。所有这些都是构成系统性的技术分析的一些要素。如果我们不打算凭运气去赚钱，就要把这些要素有机地组合在一起，这也是我们建立操作系统的初衷。

技术分析的另一大误区就是认为技术分析具有定式。现在有很多投资者都具有这种思维，这容易导致思想上的错误，导致分析行情时钻牛角尖。江恩理论、许沂光的四度空间等不能被广大投资者所认可，而波浪理论却可以成为目前最具价值的分析工具，原因就在于此。到目前为此，还没有一种理论能够套用于所有市场，相信以后也不会出现战无不胜的技术。真正有效的技术分析在于"能够对市场的不确定性进行防范"。

技术分析的第三大误区是过分夸大其功能。请正确理解这句话，它并不是否定技术分析的利用价值，而是先要确定技术分析在操作中具有举足轻重的地位。技术分析的前提是包容和消化一切，而中国股市是明显的低效市场，消化基本面的时间有时很滞后，因此，技术分析在很多时候会失灵，面对基本面变化可能会显出无奈。

随着股市的健康发展，技术分析的重要性越来越得到体现，而一些认识上的不全面可能使技术分析效果不理想。在运用技术分析进行操作时，必须注意遵循合理性原则。

⊙技术分析只是一种分析预测行情的工具，它只能通过行情来验证，而不能靠其来改变行情。在技术分析过程中，因为人性的缺点和技术分析本身的缺陷发生失误是正常现象。我们要利用技术分析，而不是受技术分析所局限，产生错误引导。

⊙用之不疑。如果我们利用一种技术分析来分析行情，就要相信分析结果，用它分析出来的结论要在操作中付诸行动，对技术分析的三心两意只能平添许多失误。做到用之不疑，疑之不用。

⊙技术分析要随市场变化而变化，不要与市场作对。不同的市场、不同时间的市场、不同的个股都有其自身的规律性，我们要因地制宜，因时制宜，针对不同的分析对象采用不同的技术分析。

⊙把基本面分析掺杂其中。因为技术分析本身包容和消化基本面，如果在实际分析中考虑基本面因素就会使你的分析出现重复，结果也不言而喻了。在分析中基本面和技术面只能互相验证而不能互相掺杂。

⊙避免用单一技术指标进行分析。每一个技术指标都有自己的优点和缺陷，在进行技术分析的时候，要考虑多项技术指标的趋势，同时结合中短期走势进行分析理解，才能实现资源的优化组合。

⊙不要进入经验主义的误区。技术分析要具有灵活性，每一只个股都有其运行特征，要想用一种技术分析手段来以偏概全无疑是痴心妄想。

⊙价格放到首位，成交量次之。价格和成交量是技术分析中的"哼哈二将"，许多投资者在分析研究中本末倒置，把价格看成了成交量的附属物。事实上价格变动和成交量息息相关，拉高建仓抢货、短线阶段性派发、阶段性反弹、打压吸筹、大规模派发等庄家行为都与成交量有直接联系，但是有时因庄家控盘较多，成交量便不能反映其真正的价值，无量拉升和无量下跌均可能发生。

（二）指标陷阱

技术指标在操作中的作用有目共睹，对技术指标进行研究和创新无可厚非，但是许多投资者却误入歧途。特别是许多股民在入市之初或入市之后，往往都会自觉不自觉地对各类书本上的技术指标进行研修一番，并以此作为其在股市投资的手段，操作结果却失误不断，多数是因为中了指标的陷阱。

对于技术指标深入研究本无可非议，但是有很多投资者近于痴迷的研究却舍本逐末，很容易在操作中被指标陷阱所套。在利用技术指标时切记以下几点：

1. 莫奉指标为神圣

有些投资者，特别是技术分析派，有过利用某种指标的成功经验便奉之为神圣，认为自己找到了股市中制胜的法宝，犯错误之后，仍坦然自若，到损失惨重时为时已晚。所有的指标都是只会说"我对了"，而不会说"我错了"。指标大多是报喜不报忧，对错误无能为力。奉指标为神圣是导致投资者深度套牢的重要原因。因此我们要认识技术指标有重要的利用价值，但不是万能的法宝。

2. 莫以为指标放之四海而皆准

现在投资者操作所利用的指标大多是国外引进的，这些指标在国外的有效性是经过市场认可的，本无可非议。但是我国的股市是以政策、资金、消息报为主导，在这个市场中利用成熟市场的指标，无疑是张冠李戴，其准确性自然大打折扣。况且个股走势均有其特点，凭借一种指标来在股市中拼杀无疑是火中取栗。因此要对不同的市场、不同的个股采用不同的分析方法。

3. 要小心庄家制造指标陷阱

因为现在许多技术分析的指标是多数人共知的东西，其利用上又简单，所以在我国庄股满天飞的情况下，这些指标难免要成为庄家利用的对象。庄家会利用这些指标制造各种各样的陷阱，在进货时使指标严重背离而不调整，投资者只能望"股"兴叹；而在出货时又千方百计使指标到位，并出现买进信号，诱导中小投资者上当。因此投资者在利用指标进行操作时，一定要小心指标陷阱，莫成为庄家的盘中餐。

4. 要认清指标的庐山真面目

任何指标都有其不足之处，很多投资者之所以误入指标陷阱，多是因为没有认清技术分析指标本身的缺陷。大多数的指标都是为正常的行情而制定，对于异动的走势往往会出现指标钝化的现象。很多时候，特别是涨跌幅度较大的时候，往往出现指标失真的现象，而指标没有识别能力，面对骗线仍会指示前进，给投资者造成无谓的损失。

因此，投资者在操作中既要肯定指标在操作中的重要作用，同时又不能过分夸大指标的作用，对指标既要利用而又不能过分依赖。在实际操作中我们可以专注于一个、最多两个自身熟悉的指标，深入研究其与行情匹配的规律，深入把握其原理以及各项特性。不能做到这深度，就不能将其作为参考的重要依据。市场流行的技术指标只作为辅助参考，不要作为主要入市依据。要想真正地把握市场只有不断总结经验，探索市场运行规律。

第三节　反转形态

● 形态的定义和形成

股价长期进行没有趋势的震荡整理所形成的价格图表就是形态，事实证明，这些形态本身虽然不能给投资者创造利润（基本是浪费投资者时间），但却可以帮助投资者预判未来趋势的运行方向。

● 形态的分类

形态是趋势之母，不同的形态产生不同的趋势。从形态的预测功能来讲，形态分为反转形态和持续形态。我们这里重点探讨反转形态的形成原理和分类。

● 反转形态的种类和构成要素

从形态形状来讲，具备反转功能的形态有头肩顶（底）、双重顶（底）、三重顶（底）、V形顶（底）、圆顶（底）等。不同反转形态形成原因不同；不同的形态产生反转的准确率不同；不同的反转形态所产生的爆发力也不同；不同的反转形态确认反转的方法不同。顶部形态形成所发费的时间要比底部短很多，但价格波动却非常的剧烈，也就是说底部是寂寞的，顶部是热闹的。想准确的把握这些反转形态，我们要从形态形成内因出发对不同形态进行深入研究。

市场上本身存在着运行趋势是反转形态生存的先决条件，如果没有趋势存在，反转就无从谈起。牛市和熊市相互转换是证券市场永恒的话题，没有永远的牛市，也没有永远的熊市，当一个趋势运行到一段时间后，由于人性劣根的存在，股价内在价值不是高估便是低估，趋势就会向另外一个方向逆转。

形态形成规模越大，产生逆转的动作越大。这里所讲的规模包括价格形态波动的宽度和高度，也就是说，形态形成所用的时间越长，波动幅度越大，其反转后产生新趋势的波动越大。

形态形成要以放量突破颈线为标志。没有突破的形态，只看着原有趋势的震荡整理，不构成反转的信号，也不构成我们操作的指导信号。

（一）头肩底

头肩底和头肩顶一样，是所有形态中最著名的、最可靠的，据统计这种形态一旦形成，其准确率在 90％ 左右，我们从以下几个方面来认识这种形态。

1. 形态的完成

我们首先来看看在头肩底中的具体表现。在点 A，下跌趋势一如既往，毫无反转的迹象，交易量在价格下跌过程中开如出现一定程度的萎缩。在攻击 B 点的反弹中，交易量有所放大。然而到了点 C 我们可以发现，当这轮下跌的量更小，向下突破点 A 时，交易量同前一轮下跌时的交易量相比出现萎缩现象，这其实已出现了"黄灯"警告，也就是我们前面所讲的量价背离，但这还不能确定行情要反转，我们还要看下面的演变，这里只是出现了第一不利于趋势发展的信号。

后来股价再次攻击 D，出现了一些更明显的信号，上攻的高点高于前期的低点 A。在下跌趋势中以前的低点一旦被突破就会起到支撑作用，突破这个高点说明下跌趋势已出现问题，这时出现了第二个信号，这个信号告诉我们多方的力量在加强。

然后，市场再度下跌 E 点，但是这次的成交量更小，幅度通常是 D 至 C 的幅度的 1/3，到此为止已形成上涨的一半条件，即依次上升的波峰。但是此时并没有做多的充分理由。

至此，通过最后两个向上反弹的高点我们可以做出一条颈线，在头肩底形态中这种颈线一般会轻轻上斜。头肩底成立的决定性因素就是收市价格明确地突破到颈线以上，这时已具有了以下几点上涨的因素。

（1）市场成功突破了反弹的高点构成的颈线位，这是头肩底成立的必要条件，颈线不突破，就不能确认头肩底的形成。

（2）突破了 B 点和 D 点的压力。这两点是前期反弹高点，突破这两个高点说明了趋势在发生逆转。

（3）形成了上涨趋势中所具备的依次上升的低点和高点。

2. 突破后反抽

在头肩底向上突破后，通常会出现反抽现象，价格会回调到颈线位，此时，颈线已形成了强支撑。反抽现象不一定会发生，有时只形成一小段的回调，特别是突破成交量极大的情况下，其回调的力度就会很弱。反之，如果突破成交量较小则会大大增加反抽的可能性，但是有一点，反抽时的成交量不应该太大。因此，突破颈线后的反抽有三点值得我们注意：

⊙ 反抽可出现，也可能不出现。

⊙ 反抽的底限是颈线位置。

⊙ 反抽的成交量不能过大。

3. 测算目标位

形态高度是测量价格目标的基础。具体的做法是：先测出从头（点 C）到颈线的垂直距离，然后从颈线上被突破的点出发，向上投射相同的距离。例如，假定头顶位于 20，相应的颈线位置在 100，那么其垂直距离就是两者的差 80。那么我们就应从颈线的突破点开始，向上量出 80 点，突破点位于 100，那么我们就可以测出上涨目标位在（100＋80＝180）。形态的高度越大，那目标位就会越来越大。上面测出的目标仅仅是最近的目标

位，实际上，未来新趋势经常会超越这个目标，最大目标
则是其原来趋势的波动幅度。

4. 反转趋势的级别

头肩底突破之后形成的新一轮上升趋势的级别大小和
形态形成的时间长短有很大关系，形态构筑的时间越长，
所包含的做多动能越大，新一轮上涨空间也越大；反之，
形态构筑时间越短，所包含的做多动能越小，新一轮的上
涨空间也越小。

实 战 演 示

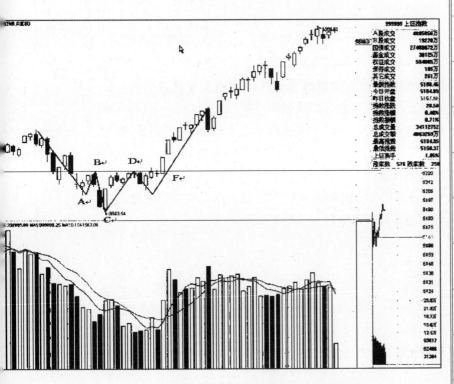

图1-1　头肩底案例分析－上证综指

2007年530行情末期，上证综合指数用了近一个月的
时间构筑完美的头肩形态，颈线稍稍向上倾，至7月20日

以长阳放量突破，至此，一个完整的头肩形成立，预示新一轮上攻行情的展开。头肩底是底部形态，它所具有测量功能只能测出来最小目标，真实的上涨幅度往往要大于这个最小目标。我们可以对头肩底形态进行测量发现本轮上攻的最少目标为 4307 点。头肩底垂直距离 3935－3563＝372 点，加上颈线突破点可以算出最小目标位 3935＋372＝4307 点。当然算本轮行情的目标位要用大三角形来计算，这里只是算出头肩底的最小目标位。此头肩底形态具有二种意义，相对 530 调整行情来讲，它是反转形态；相对牛市来讲，它又是持续形态。

（二）头肩顶

头肩形是所有形态中最著名的、最可靠的，据统计这种形态一旦形成，其准确率在 90％左右，在实际操作中有极高的实战价值。学会利用这种形态颇为重要。我们这里先介绍头肩顶，我们从以下几个方面来认识这种形态。

1. 形态的完成

我们首先来看看在头肩顶中的具体表现。在点 A，上升趋势一如既往，毫无反转的迹象，交易量在价格上升到新高度的同时也相应地扩张，表现正常。在 B 点的调整性下降中，交易量较小，也符合要求。然而到了点 C 我们可以发现，当这轮上涨向上突破点 A 时，交易量同前一轮上涨时的交易量相比出现萎缩现象（强调下，这里所说的成交量是指均量，不是指某一天的成交量），这其实已出现了"黄灯"警告，也就是我们前面所讲的量价背离，但这还不能确定行情要反转，我们还要看下面的演变，这里只是出现了第一不利于股价发展的信号。

后来价格回落到 D，出现了一些更明显的信号，下跌的低点低于从前的高点 A。在上升趋势中以前的高点一旦被突破就会起到支撑作用，跌破这个高点说明上升趋势已出现问题，这时出现了第二个信号，这个信号告诉我们空方的力量在加强。

然后，市场再度冲到 E 点，但是这次的成交量更小，幅度通常是 D 至 C 的幅度的 1/3，到此为止已形成下跌的一半条件，即依次下降的波峰。但是此时并没有卖空的充分理由。

至此，通过最后两个向上反弹的低点我们可以做出一条颈线，在头肩顶形态中这种颈线一般会轻轻上斜。头肩形成立的决定性因素就是收市价格明确地突破到颈线以下，这时已具有了以下几点下跌的因素。

（1）市场成功突破了由低点构成的趋势线。代表原来上升趋势已发生逆转，新的趋势已经展开。

（2）跌破了 B 点和 D 点的支撑。两个前期的低点被同时击穿，代表做空能能非常强大，新趋势确认成立。

（3）形成了下跌中所具有的依次下降的高点和低点。

2. 突破后反抽

在头肩顶向下突破后，通常会出现反扑现象，价格得以反弹至前一向上反弹的低点 B 和 D，此时，这两者均已在市场上方构成了阻挡。反抽现象不一定会发生，有时只形成一小段的反弹，特别是在向下突破的成交量极大的情况下，其反抽的力度就会很弱。反之，如果突破成交量较小则会大大增加反抽的可能性，但是有一点，反抽时的成交量不应该太大。

3. 测算目标位

形态高度是测量价格目标的基础。具体的做法是：先测出从头（点 C）到颈线的垂直距离，然后从颈线上被突破的点出发，向下投射相同的距离。例如，假定头顶位于100，相应的颈线位置在 80，那么其垂直距离就是两者的差 20。那么我们就应从颈线的突破点开始，向下量出 20点，突破点位于 82，那么我们就可以测出下跌目标位在（82－20＝62）。形态的高度越大，那目标位就会越来越大。上面测出的目标仅仅是最近的目标位，也就是第一目标位，实际上，未来新趋势经常会超越这个目标，最大目标则是其原来趋势的波动幅度。

4. 反转趋势的级别

　　头肩顶突破之后形成的新一轮下跌趋势的级别大小和形态形成的时间长短有很大关系，形态构筑的时间越长，所包含的做空动能越大，新一轮下跌空间也越大；反之，形态构筑时间越短，所包含的做空动能越小，新一轮的下跌空间也越小。

实 战 演 示

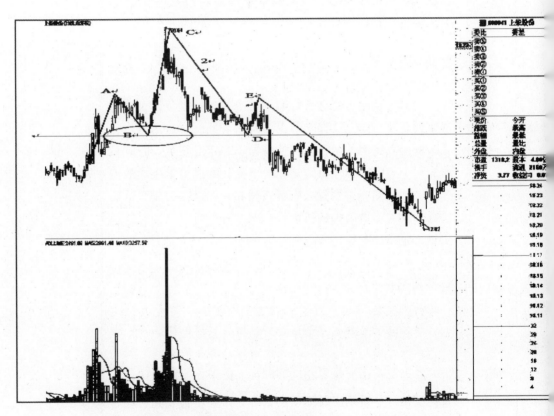

图 1-2　头肩顶案例——上柴股份

　　2001年5月至7月份，上柴股价用三个月的时间构筑了典型的头肩顶形态，7月30日，上柴股价放量长阴确认头肩顶形态形成，之后上柴股价步入长期熊市之中，7月30日就是上柴股份的第一卖出点，之后股价进行反抽，但并未触击颈线，而且反抽的成交量明显萎缩，说明空方已完全占据了市场的主动，下跌趋势已确认无疑。当然，头肩顶形态是个反转形态，其代表一个下跌趋势的形成，并不简单的代表一个短期趋势的下跌。如果我们用头肩顶的测量方法测出的目标位，可能只是一个暂时的休整，头肩顶的杀跌动能往往会远远超越了其预测目标。

（三）三重顶

统计显示，顶部重复的次数越多，其所蕴涵的动能就越大，其反转的力度就越强，所以三重顶突破后的准确性远高于二重顶的准确性。在实际应用中，三重顶出现在的次数比头肩形少得多。其实三重顶是头肩形的小小变体，其主要特征是，三重顶的三个峰是位于相同的水平上。

在三重顶中，交易量往往随着相继的峰而递减，而在向下突破时，则会大幅地增加。三重顶只有在沿着两个中间低点的支撑水平被向下突破后，才得以完成，才可以定义为三重顶。形态完成的必要条件是，向下突破的成交量是很关键的因素，直接决定了形态的力度和成功与否。

三重顶的测算意义同头肩形很相似，以形态的高度为基础，通常价格在突破颈线后，由突破点算起，至少将要走出一个等于形态高度的距离，一旦突破，随后向突破方向的反扑现象也会经常发生。有一点值得注意，那就是如果三重顶没有向下破位就不能构成三重顶，相反，它却是一种持续形态，只是代表行情短暂的休整，是看涨的形态，只有向下突破颈线后才可定义为三重顶形态。

由于三重顶所蕴含的做空动能非常强大，其所预测的目标只是一个短期需要休整的目标位，并不代表到目标后就会上攻，往往是股价休整之后还会持续下跌。

第一章 对技术指标的认识

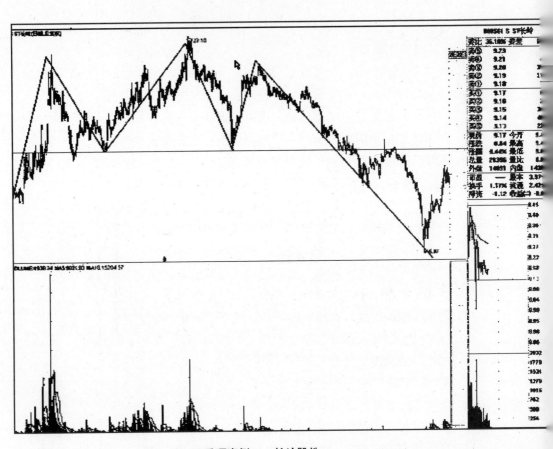

图1-3 三重顶案例——长岭股份

　　2000年3月至2001年8月份，长岭股份用了一年半的时构筑成一个超级三重顶，此后，在2001年8月份，公司股价跌穿颈线，预示公司股价未来将非常糟糕，因为这个顶做得太大，其所蕴含的做空动能非常大，对于这样的大顶，一旦跌穿，我们所能做的事情就是抛弃所有幻想，然后抛掉手中的股票。该股在颈线位置还形成了我们前面所讲的悬崖勒马形态，给明智的投资者提供了一个离场的良机，同样也给不理解的投资者提供一个圈套，三重顶和悬崖勒马两个形态完美结合，之后股价不出所料的产生一轮暴跌。

(四) 三重底

统计显示，底部重复的次数越多，其所蕴涵的做多动能就越大，其反转的力度就越强，所以三重底突破后的准确性远高于二重底的准确性。在实际应用中，三重底出现在的次数比头肩形少得多。其实三重顶是头肩底的小小变体，其主要特征是，三重顶的三个峰是位于相同的水平上。

在三重底中，交易量往往随着相继的峰而递增，成交量和三重顶正好相反，而在向上突破时，则会大幅地增加。三重底只有在沿着两个中间高点的压力线被突破后，才得以完成，才可以定义为三重底。向上突破的成交量是很关键的因素，直接决定了形态的力度和成功与否。成交量越大，股价运行的空间越大，底部的可信度越高。

三重底的测算意义同头肩形很相似，以形态的高度为基础，通常价格在突破颈线后，由突破点算起，至少将要走出一个等于形态高度的距离，一旦突破，随后向突破方向的反扑现象也会经常发生。有一点值得注意，那就是如果三重底没有向上破位就不能构成三重底，相反，它却是一种持续形态，只是代表行情短暂的休整，是看跌的形态，只有向上突破颈线后才可定义为三重顶形态。

第一章 对技术指标的认识

实战演示

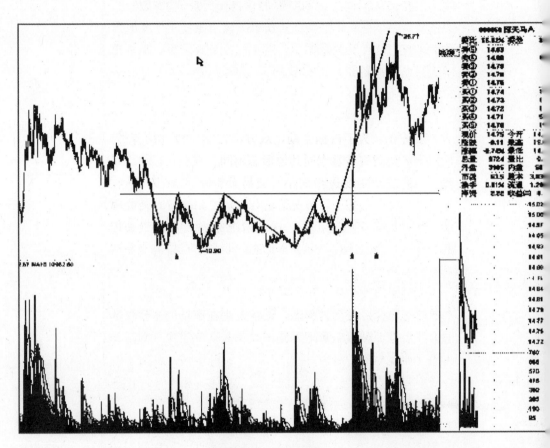

图 1-4　三重底案例——深天马

　　从 2005 年 4 月至 2006 年 3 月份，深天马用了近一年的时间构筑了一个三重底形态，这个形态构造时间之长，震荡幅度之大是极为罕见，意味着突破之后的波动将非常剧烈。2006 年 4 月 6 日深天马股改复牌，一举突破三重顶颈线，一轮强攻行情就此展开，两周之内股价已基本实现翻倍，4 月 26 日突破颈线之日就是深天马最好的短线买进信号。在 4 月 26 日放量突破之前不能把此形态当作底部形态，它只是一个大箱体，是持续形态，只有放量突破之后才确认为三重底成立。三重底经常会在突破之后出现反抽现象，但是在成交量非常大的情况下，这种反抽现象就很难出现。由于 2006 年 4 月 6 日深天马突破时成交量非常大，因此，深天马并没有出现常见的反抽现象。

（五）喇叭形

喇叭形在股市中出现的几率较低，有很多投资者将它视为三角形的不同寻常的变体，它其实是反向的三角形。以前所探讨的三角形的两条边线都是相互聚拢的，喇叭形与此相反，在扩大的形态中，两条边线逐渐分离，呈现出扩大三角形的轮廓。

喇叭形多是市场中的多空双方出现了严重的分歧，双方各不相让，为了占据主动，双方都在加大投入的筹码，所以喇叭形的交易量也同其他形态不同。在三角形中，随着价格的摆动幅度逐步缩小，交易量也倾向于相应地收缩。但是喇叭形态中，情况恰恰相反。交易随着价格摆幅的日益放大而相应地扩张。这种情况显示市场已失去控制，变得极为情绪化，因为本形态代表了公众参与交易活动非常积极的情形。

喇叭形是一种反转形态，最常发生在市场的主要顶部过程中，这时的喇叭形通常是看跌信号。如果出现在市场的底部则是看涨信号。

1. 顶部喇叭

该形态出现了三个依次增高的峰以及两个依次降低的谷。显然，在这种形态下进行交易是极为困难的，因为在其形成过程出现了许多错误信号。在前面关于顺势理论中，我们曾说过，当前一个高点被向上穿越时，通常意味着上升趋势的恢复，而价格向下突破前一个低点，一般表明下降趋势的开始或者恢复，但是这个形态却与上述理论背道而驰。在这里，如果交易者机械地根据前面说的信号去操作则会遇到一系列的挫折。

当来自第三峰的回落突破了第二谷之后本形态就完成了，并且构成了主要的看跌信号。如同检验所有的重要突破一样，为了减少错误信号这里也可以采用过滤器。因为本形态具有三峰、两谷，有时又被称为五点反转形态。在

第一章 对技术指标的认识

本形态完成顶部过程、发出看跌信号后价格反扑是很正常的，其回撤度可能达到前一段下跌的 50%，然后再恢复下跌。尽管第三峰通常高于前两峰，但它偶尔也会达不到第二峰的高度。在这种情况下，分析者据之可以得出市场上冲失败的及早警示，而且该形态实际上已经开始具有颈线下倾的头肩形的样子了。这种形态很少见，但是其可靠性却是极高的。

2. 底部嗽叭

该形态出现了三个依次下跌低以及两个依次上升的顶。显然，在这种形态下进行交易是极为困难的，因为在其形成过程出现了许多错误信号。在前面关于顺势理论中，我们曾说过，当前一个高点被向上穿越时，通常意味着上升趋势的恢复，而价格向下突破前一个低点，一般表明下降趋势的开始或者恢复，但是这个形态却与上述理论背道而驰。在这里，如果交易者机械地根据前面说的信号去操作则会遇到一系列的挫折。

当来自第三底的上升突破了前两个反弹顶所构成颈线位后本形态就完成了，并且构成了主要的看涨信号。如同检验所有的重要突破一样，为了减少错误信号这里也可以采用过滤器。因为本形态至少具有三个底、两个顶，有时又被称为五点反转形态。在本形态完成顶部过程、发出看涨信号后价格反抽是很正常的，其回撤度可能达到前一段上涨幅度的 50%，然后再恢复上涨。尽管第三底通常低于前两个底，但它偶尔也会达不到第二底的低点。在这种情况下，分析者据之可以得出市场下跌失败的及早警示。这种形态很少见，但是其可靠性却是极高的。

3. 反转行情级别

此形态反转的级别同形态构筑时间有很大关系，一般情况下，形态构筑的时间越长，反转行情的空间越大；越间越短，反转行情的空间越小。

实 战 演 示

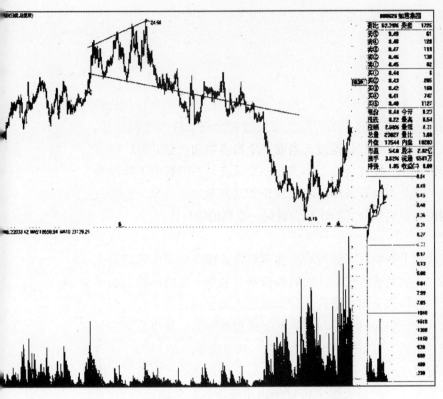

图 1-5 顶部喇叭形案例——如意集团

2003 年 5 月～2004 年 5 月，如意集团股价用了近一年时间构筑形成顶部喇叭形态，该形态在 2004 年 5 月向下突破确认成立。顶部喇叭形态预示着行情要反转向下，之后如意集团股价在经过短期反抽之后震荡下跌。对于顶部的喇叭形态，我们应果断离场。

实 战 演 示

图 1-6　底部喇叭形案例——邯郸钢铁

2004～2006 年 5 月份，邯郸钢铁用了两年时间构筑了超级的底部喇叭形态，这个形态预示着邯郸钢铁股价将会出现在一轮超级牛市，因为该形态构筑时间之长实属罕见，我们前面讲过，形态构筑时间越长，其所包含的能量越大，邯郸钢铁两年的时间构筑一个大反转形态，其所蕴含的做多动能非常充足，果不出所料，邯郸钢铁在形态突破后展开了一轮超级大牛市。

（六）下降三角形

下降三角形和上升三角形相反，仅仅是上升三角形的镜像。一般认为，它属于看跌形态，它的上边线是下降的，下边线接近水平状态，这种形态说明空方力量越来越强大，而多方力量却越来越乏力。它通常是以股价的向下突破而完成整个形态，向下的突破信号以收市价格低于下边趋势线为标志，并且在通常情况下，交易量应有所增加。有时随后也会发生反扑现象，不过反扑现象一般会在劲线下边停止。

在一般情况下，下降三角形属于持续形态，通常发生在下降趋势中，只是行情的短暂的休整，很快又会恢复原来的趋势。但是，下降三角形了有可能在顶部出现，最终形成反转形态。一旦收市价格低于下降三角形水平面的下边线，可能就标志着原来向上的趋势已发生变化，一轮新的趋势已确立，这时的下降三角形就是反转形态。

在上升三角形和下降三角形中，它们的交易量形态很相似。随着形态的逐步发展，交易量也相应地萎缩，然后在突破时又会出现增加。同时与对称三角形的情况一样，在其形成过程中，形态分析研究者可以探究交易量形态所呈现出来的蛛丝马迹。这种是说，在上升形态中交易量倾向于在价格反弹时稍微放大，而在价格下降时稍微萎缩。在下降形态中，交易量应该在价格向下时放大，在向上反弹时出现萎缩现象。

关于三角形，我们最后要考虑的是它们的时间尺度。一般认为，三角形属于中等形态，即它的形成过程，通常要花 1 个月的时间，但是一般会少于 3 个月。在突破的时间上一般在整形态的 2/3 处形成突破，越晚突破证明突破后的力度会弱。

第一章 对技术指标的认识

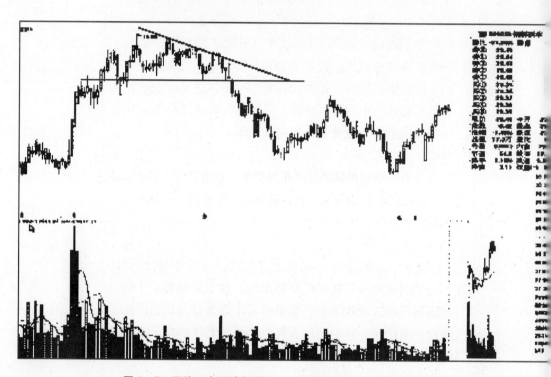

图 1-7　下降三角形案例分析——铜都铜业

2004 年 3～4 月份，铜都铜业用一个月的时间构筑了一个下降三角形，因为形态构筑在一轮上攻行情的顶部，所以此形态是反转形态。2004 年 4 月 12 日，在形态的 2/3 位置，铜都铜业长阴向下跌穿下降三角形颈线，反转形态确立，这时我们就果断离场。

（七）上升三角形

上升三角形和下降三角形都是对称三角形的变体，但是它们分别具有不同的预测意义。上升三角形上边趋势线保持水平状态，而下边趋势线则是不断地抬高。本形态显示，买方比卖方更主力积极，它属于看涨形态，通常是以向上的突破作为此形态完成的标志。

上升三角形和下降三角形均与对称三角形有着重要的区别。上升三角或下降三角无论出现在走势的哪个部分，都具有其明确的预测性，上升三角形看涨，下降三角形看跌，而对称三角形则属于中性形态，其本身不具备任何预测价值，只属于持续形态，其价值只能和它所处的趋势结合在一起才能体现出来，也就是说它在上升中看涨，在下跌中看跌。

如前所述，上升三角形是看涨，其看涨的突破以收市价格决定性地超出上边水平走势线为标志。正如所有有效向上突破情况那样，此时交易量应当明显放大，随后被突破的趋势线（也就是水平的上边线）反扑也不罕见，但是一般回抽的成交量都会出现明显的萎缩。

上升三角形的测算技术相对简单。先测量出该形态的宽处的高度，然后从突破点起，简单地向上投射一个相等的距离就是所寻找的目标位。

上升三角形经常出现在上升趋势中，属于持续形态，不过它有时也会以底部的形态出现。在下降趋势处于强弩之末阶段时，出现上升三角形也是不足为怪的。但即使是在这种情况下，该形态的含义也仍然是看涨的，上边线的突破标志着底部的形态的完成，构成了牛市信号，这时它又充当了反转形态。

第一章 对技术指标的认识

实 战 演 示

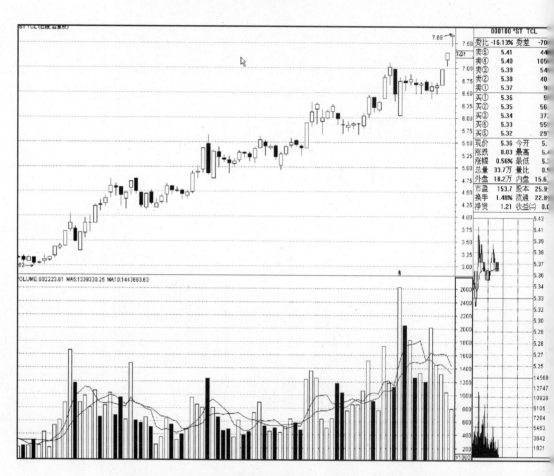

图1-8　上升三角形持续形态案例——TCL

经
典
技
术
分
析

2007年2月26日～2007年3月23日，TCL用了近一个月的时间构筑成一个上升三角形，因为此上升三角形处在上升趋势之中，属于持续形态，它意味着趋势仍然将持续运行，短期的整理只是在为新一轮上升趋势蓄势。3月26日，一根放量的长阳线，打破了整理形态，确立了上升三角形，代表新一轮上升趋势展开。

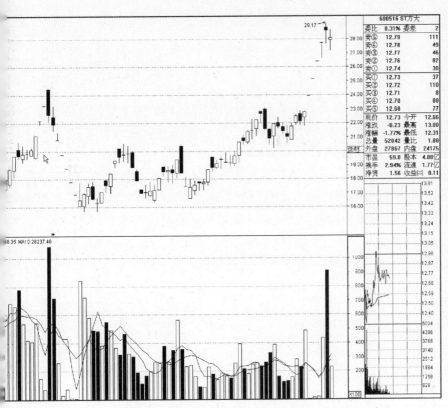

图1-9　上升三角形反转案例——S方大

2007年"5·30"暴跌后，海龙科技用了两个月时间构筑了一个上升三角形，这个三角形代表下跌趋势结束，上升趋势确立，因为此形态处于下跌过程中，因此它属于反转形态。2007年7月27日海龙科技放量打破盘整格局，突破了上升三角形颈线，代表下跌趋势已不存在，上升趋势重新确立。

第一章　对技术指标的认识

（八）圆底

因为圆形底很像我们平常所用的锅，所以又被投资者习惯地称为"锅底"。本形态代表着趋势很平缓，股价表现很温和，成交量往往在锅底会出现极度萎缩的地量，而且本形态的形成过程往往比较漫长。

形成过程

股票价格从上升到下降，或者是从下降到上升的变化过程较为平缓。同时要注意，交易量倾向于形成相应的锅底形态，交易量随着形成而逐步收缩，最后，当新的价格方向占据主动时，又都相应地逐步增加。有时在圆底中点的稍后位置，股价会在异乎寻常的重大交易量背景下向上突破，向上冲刺，然后又回落到缓慢的圆形形态之中。在底部的末端，有时会出现一个"锅把"，随后上升趋势将恢复。请注意，在交易量图形的圆底上，过了中点之后，交易量突然开始上升，随着价格的进一步上涨，交易量相应地增加。平台出现时，交易量下降，接下来，当价格向上方突破时，交易量又进一步扩张。

1. 突破的确认

我们很难确切地说出圆形底何时完成，我们在一般情况下有两种方法来确认形态的完成。一种方法是：如果在中点 A 外价格向上冲，那么此后当这个高点被向上穿越时，可能就是牛市的信号，还有一个变通的办法，就是平台向上的突破，标志着底部运动的完成。

如前面所述，相对来说圆形形态出现较少，但是这种形态的价值却非同一般，其准确性极高。圆形底形态不具备精确的测算功能，但是其蕴含的能力却不一样，常常有惊人爆发力，通常预示着一个大趋势的到来。一般情况下，该形态一旦形成，其目标位以原趋势为参考，能够提供价格回撤的一些范围。同时圆形形态本身的持续时间也是很有价值的信息，其持续的时间越长，则预示着所形成的趋势越猛烈。

针对圆形形态的不同特点，我们在操作时要制定相应的投资策略。首先，其形成时间较长，尽量不要在其突破之前介入，免得浪费时间成本。其次，在预算方面，圆形底具有极高的准确率，所以一旦遇到这种形态就要果断地顺应其发展方向：如果是锅底形态出现，就要果断地建仓。再次，圆形形态常常是代表一个大趋势的来临，要长线持有。

2. 圆底测量意义

圆底测量意义不大，因为这个形态是典型的反转形态，代表新的趋势，而不是一个波段。

3. 圆形底的分类

根据圆形底形成的时间周期不同，我们将圆形底分为大圆底和小圆底。大圆底形成时间在一个月以上，有些可能耗用几年时间；小圆底形成的时间则是一个月之内。我们后面实战分析中介绍的华升股份就是大圆底的典型，工商银行则是小圆底的典型。

实 战 演 示

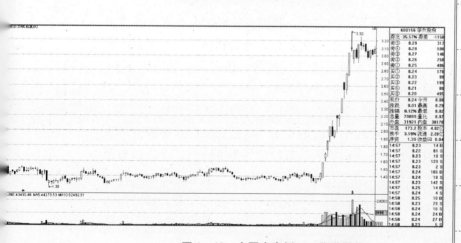

图1-10 大圆底案例——华升股份

华升股价于2005年9月~2006年4月底用了半年的时间构筑完美的大圆底，这个圆底构筑时间较长，蕴含了爆发的潜力，我们所要做的事情是等待介入时机，因为圆底形态的形成从时间上难以把握，如果先行建仓可能会浪费资金的使用率，对于短线投资者根本不合适，当然，长线投资者可以在底部形成过程中进行建仓，2006 年 4 月 28 日一根放量的长阳线打破了盘局，压抑已久的做多激情爆发出来，股价连续的涨停板，并在一个多月的时间内实现了翻倍，显示了圆底形态所蕴含的强大爆发力。我们可以看到利用圆底进行短线操作是暴利良机，只可惜圆底这种技术形态极为罕见，对于圆底形态，我们要见到就不要放过。

实 战 演 示

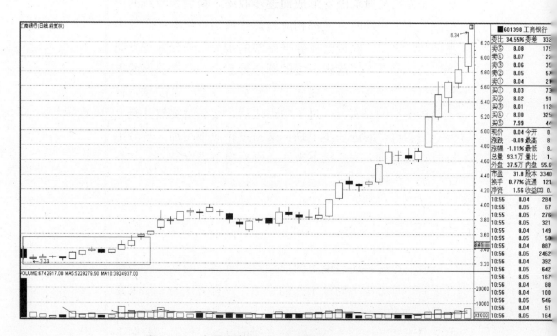

图 1-11 小圆底案例——工商银行

2006 年 10 月 27 日中国股市迎来了巨无霸权重股工商银行，工商银行在上市后的一段时间内形成了一个典型的小圆底，形成时间没超过一个月，属于典型的小圆底，随后股价突破上行，并一路上攻。小圆底有些时间在日 K 线图中难以清晰的判断出来，我们可以从分时半小时 K 线图、甚至用 5 分钟 K 线图中去观测，我们会发现很多可爱的小圆底形态，对于短线投资者非常有益。小圆底和大圆底一样具有准确的预测功能，只是爆发力上不如大圆底，但对于短线投资者来讲，一个小圆底也能带来不菲的收益。

（九）圆顶

因为圆形顶很像我们平常所用的锅，所以又被投资者习惯地称为"锅顶"。本形态代表着趋势很平缓，股价表现很温和，而且本形态的形成过程往往比较漫长。

1. 形成过程

股票价格从上升到下降，或者是从下降到上升的变化过程较为平缓。同时要注意，交易量倾向于形成相应的锅底形态，交易量均随着形成而逐步收缩，最后，当新的价格方向占据主动时，又都相应地逐步增加。有时在圆顶中点的稍后位置，股价会在异乎寻常的重大交易量背景下向下突破，然后又回落到缓慢的圆形形态之中。在顶部的末端，有时会出现一个，随后上升趋势将恢复。请注意，在交易量图形的圆底上，过了中点之后，交易量突然开始上升，随着价格的进一步下跌，交易量相应地增加。平台出现时，交易量下降，接下来，当价格向下方突破时，交易量又进一步扩张。

2. 突破的确认

我们很难确切地说出圆形顶何时完成，我们在一般情况下有两种方法来确认形态的完成。一种方法是：如果在中点 A 外价格向下跌，那么此后当这个低点被击破时，可能就是下跌的信号，还有一个变通的办法，就是平台向下突破，标志着底部运动的完成。

如前面所述，相对来说圆形形态出现较少，但是这种形态的价值却非同一般，其准确性极高。圆形顶形态不具备精确的测算功能，但是其蕴含的能力却不一样，常常有惊人爆发力，通常预示着一个大趋势的到来。一般情况下，该形态一旦形成，其目标位以原趋势为参考，能够提供价格回撤的一些范围。同时圆形形态本身的持续时间也是很有价值的信息，其持续的时间越长，则预示着所形成的趋势越猛烈。

针对圆形形态的不同特点，我们在操作时要制定相应的投资策略。首先，其形成时间较长，尽量不要在其突破之前介入，免得浪费时间成本。其次，在预测方面，圆形顶具有极高的准确率，所以一旦遇到这种形态就要果断地顺应其发展方向：如果锅顶出现，则要果断地离场观望。再次，圆形形态常常是代表一个大趋势的来临，如果出现在顶部，最好在一段相当长的时间内不要参与该股。

3. 圆顶测量意义

圆顶测量意义不大，因为这个形态是典型的反转形态，代表新一轮下跌趋势，而不是一个波段。圆顶形成之后下跌趋势将非常的猛烈，幅度将非常之大。

4. 圆形顶的分类

根据圆形顶形成的时间周期不同，我们将圆形顶分为大圆顶和小圆顶。大圆顶形成时间在一个月以上，有些可能耗用几年时间；小圆顶形成的时间则是一个月之内。我们后面实战分析中介绍的公用科技就是大圆顶的典型案例。

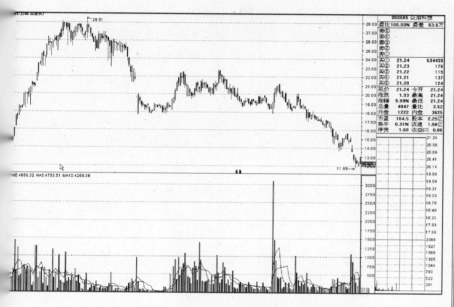

图1-12 圆顶案例——公用科技

　　1997年11月～1998年2月，公用科技用了近三个月的时间松筑了一个圆顶形态，成交量主面也配合非常理想，这个圆顶形态不用突破就可以预测未来股价将下跌，只是下跌的具体时间难以断定，1998年2月12日股价跌穿圆顶颈线，代表公司股价将展开加速下跌，事实正如形态所预示的那样，公用科技股价一路下跌，并形成了一个几年的头部。圆顶形态和圆底形态一样，其非常罕见，但形态的爆发力却非常强，一旦向下跌穿圆顶颈线，我们要尽快离场，免得被火山一样的的爆发力所伤。

（十）双重顶

　　双重顶作为反转形态比三重顶和头肩顶常见得多，这种形态易于辨别。出于显而易见的原因，双重顶形态经常被称为"M"头。从一般特点上说，双重顶与头肩形态、三重顶类似，只是此处只有两个峰，而不是三个。

在上升趋势中，市场在点 A 确立了新的高点，通常其交易量亦有所增加，然后，在减少的交易背景下，市场跌至 B 点。到此为止，一切均符合上升趋势的正常要求，趋势进展良好，然而下一轮上冲只到 C 点后，收市价格无力穿越前一个高点 A 点。接着价格就开始回落。此时，一个潜在的双重顶便跃然纸上。我们之所以说是潜在的，是因为这才是所有的反转形态成立的必要条件，而只有收市价格突破前一个低点 B 时这个反转才得以真正地成立。否则，价格可能仅仅是处于横向延伸的调整阶段中，为原先趋势的恢复作蓄势整理。

理想的双重顶具有两个显著的峰，且其价格水平也大致相同，交易量倾向于在第一个峰时较大，而在第二个峰时较小。在较大交易量下，当价格决定收市与中间谷点 B 之下时，顶部形态完成了，标志着下跌的开始。

双重顶的测算方法：自向下突破点（中间谷点 B 即被突破的价位）开始，往下投射与形态高度相等的距离；另一种方法是，先测出双重顶的每一条下降轨迹（点 A 到 B）的幅度，然后从位于 B 点的中间谷点开始，向下投射相同的长度。

各种市场分析的领域都一样，现实情况通常都是理想模型的某种变体。比如说，有时双重顶的三个峰并不处于严格的水平上，有时第二峰相当弱，达不到第一峰的高度，这并不太成问题。而当第二峰实际上约略超过了第一峰时，就出了些岔子：起初貌似向上突破，显示上升趋势已经恢复；然而好景不常，不久，它竟演化成顶部过程的一部份。为了解决这个问题，我们必须用过滤器。

在判断突破成立与否的时候，大多数图标分析者都要求收市价格越过前一个阻挡峰值，而不仅仅是日内的穿越。其次，我们还可以采用某种价格过滤器。其中的一例便是百分比穿越原则（例如 1% 或 3% 过滤器）。再次，也可以选用双日穿越原则，这是时间过滤器的一例。换言之，为了证明向下穿越的有效性，价格必须接连两天收市于颈线之下。上述的过滤器肯定不会是绝对可靠的，但是肯定可以减少失误，我们要求的只是准确率的提高。

"双重顶"术语现在已被滥用了，大多数潜在的双重顶，最终被演化得面目全非。归根结底，价格本身有从前一峰值挡下或者从前一低点弹起的强烈倾向，这种价格的变化正是市场在支撑线的正常表现，其本身不足以构成反转形态，真正的反转形态必须是价格真正地跌破前一个向上的反弹的低点，才能表明双重顶成立。

　　同其他形态一样，双重顶形态的规模同样地重要。双峰之间持续的时间越长，形态的高度越大，则即将来临的反转的潜力越大，这一点对所有的形态都是成立的，一般来说，在最有效力的双重顶或底形态中，市场至少应该在双峰或双谷之间持续一个月，有时甚至会有两三个月。我们在这里说的多是顶部形态，其实底部形态只是顶部形态的相反过程。

实 战 演 示

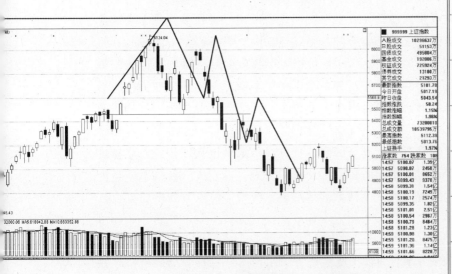

图 1-13　双重顶案例——上证综指

　　2007年10月份到11月份，上证综指构筑了一个完美的双顶形态，该形态于11月8号以放量的长阴打破了前期强势格局，大盘进入调整。双顶形态有两个卖点，一个是颈线突破点，5462点就是此次双重顶形态突破点，第二点，回抽颈线时，当然这个点可有可无，我们最好在第一

第一章　对技术指标的认识

个点抛出，第二个点可遇不可求，不要希望在第二个点抛出。通过双重顶形态的测量功能，我们可以测量出本轮下跌目标位4800点。大盘最低探底4778点，然后马上展开反弹。此双头形态是教科书的案例，一切近乎完美，放量长阴向下突破，之后的反抽确认，正好确认到颈线位置，目标位的预测，一切都近乎完美。

（十一）一双重底

双重底作为反转形态比三重底常见得多，这种形态易于辨别，又是出现在最多的一种形态，特别是一些中级别的底部。出于显而易见的原因，双重底形态经常被称为"W"底。从一般特点上说，双重底与头肩形态、三重底类似，只是此处只有两个底，而不是三个。

在下跌趋势中，市场在点A确立了新的低点，通常其交易量开始出现萎缩，然后，股价会攻击B点，这时成交量出现温和放大。到此为止，一切均符合下跌趋势的正常要求，趋势进展良好，然而接下来的一轮下跌只到C点后，收市价格无力穿越前一个低点A点。接着价格就开始回升。此时，一个潜在的双重底便跃然纸上。我们之所以说是潜在的，是因为这才是所有的反转形态成立的必要条件，而只有收市价格突破前一个高点B时这个反转才得以真正地成立。否则，价格可能仅仅是处于横向延伸的调整阶段中，为原先趋势的恢复作蓄势整理。在很多情况下，到目前为止所形成的形态都是持续形态，股价不会构成底部，反而会持续下跌。

理想的双重底具有两个显著的底，且其价格水平也大致相同，交易量倾向于在第一个底时较小，而在第二个底时较大。在较大交易量下，当价格决定收市与中间谷点B之上时，顶部形态完成了，标志着新一轮上攻行情的开始。

双重底的测算方法：自向上突破点（中间谷点B即被突破的价位）开始，往上投射与形态高度相等的距离；另一种方法是，先测出双重底的每一条下降轨迹（点A到B）的幅度，然后从位于B点的中间谷点开始，向上投射相同的长度。

各种市场分析的领域都一样，现实情况通常都是理想模型的某种变体。比如说，有时双重底的二个底并不处于严格的水平上，有时第二底会偏低一点，超过了第一底的位置，这并不太成问题。而当第二底实际上约略超过了第一底时，就出了些岔子：起初貌似向下突破，显示下跌趋势已经恢复；然而时间不常，不久，它竟演化成底部过程的一部份。为了解决这个问题，我们必须用过滤器。

在判断突破成立与否的时候，大多数图标分析者都要求收市价格越过前一个阻挡峰值，而不仅仅是日内的穿越。其次，我们还可以采用某种价格过滤器。其中的一例便是百分比穿越原则（例如1％或3％过滤器）。再次，也可以选用双日穿越原则，这是时间过滤器的一例。换言之，为了证明向下穿越的有效性，价格必须接连两天收市于第一低点之下。上述的过滤器肯定不会是绝对可靠的，但是肯定可以减少失误，我们要求的只是准确率的提高。

"双重底"术语现在已被滥用了，大多数潜在的双重底，最终被演化得面目全非。归根结底，价格本身有从前一底部弹起的强烈倾向，这种价格的变化正是市场在支撑线的正常表现，其本身不足以构成反转形态，真正的反转形态必须是价格真正地突破前一个向上的反弹的高点，才能表明双重底成立。

同其他形态一样，双重底形态的规模同样地重要。双底之间持续的时间越长，形态的高度越大，则即将来临的反转的潜力越大，这一点对所有的形态都是成立的，一般来说，在最有效力的双重底形态中，市场至少应该在双谷之间持续一个月，有时甚至会有两三个月。

实战演示

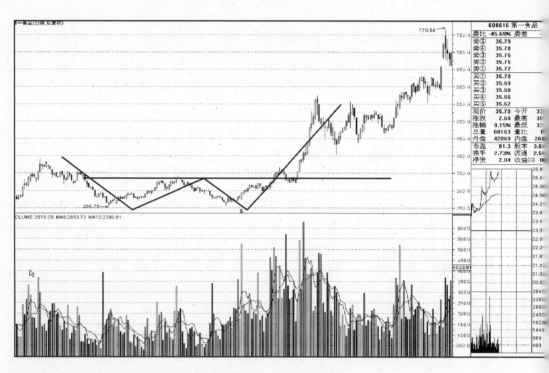

图 1-14 双重底案例——第一食品

第一食品于 2004 年 5 月～2005 年 3 月构筑完美的双底形态，于 2005 年 3 月 9 日放量突破颈线，至此完成了底部形态的构造，3 月 9 号对第一食品来说具有划时代的意义，从此第一食品结束了长达数年的调整行情，步入了一轮强势上攻行情，3 月 9 日也是短线介入的起爆点。此双底形态用了近一年的时间构筑，从时间上来讲跨度足够大，在近一年的时间内，筹码已实现了完全的转换，相对非常稳定，积聚了充足的上攻动能，股价的上涨只需要一根导火索来引爆。对于第一食品来讲，这个双底最终成了一个大底。对于这样长时间构筑的形态，其蓄势非常充分，一旦突破，其爆发力也非常强劲，是短线介入良机。

（十二）"V"字形反转

V字形是一种极端的形态，由先暴跌后暴涨构成正V字形态，先暴涨后暴跌则构成倒V字形态。在所有的形态分析里面，最难以预测，最难以把握的形态恐怕就是V字形反转了。我们要说的这种反转形态可谓神出鬼没，在其出现时难以判断，而且它并不罕见，时常会出现在实际操作中。其他形态全是经过多空双方拉锯之后出现的结果，我们有足够的机会在转换阶段分析并作出判断，然而V字形态则不然，它代表着剧烈的市场反转。当它产生时几乎没有什么先兆，趋势出人意料地突然转向，瞬间向相反的方向剧烈地运动。因为其身后并无形态可寻，从而其本质是非形态的。这类变化极为经常地孕育在关键反转日或岛状反转之中。投资者如何预期这类形态的降临，从而在其实际发生时，及时地把它判别出来，并采取相应的对策呢？

1. 形成条件

形成V形反转的主要条件是其前期必须出现单边的、大幅的上涨或者是下跌。其转折点多以关键反转日或岛状反转形成为标志，同时伴随着重大的交易量。我们唯一可以用来判断这种反转的有效信号是，股价出现了对其非常陡峭的下降趋势线（或上升趋势线）的突破。移动平均线因为其反应过于迟缓，对V形反转的判断意义不大。发生这种反向剧烈运动的原因是：在正V字形形态形成时，原来股价出现大幅下跌期间没有形成任何支撑水平，投资者对后市有一种极度悲观的心理，形成了不理智的抛出动作，一旦股价出现上涨，上面套牢盘极少，获利盘又不大，因此很容易形成同样的单边反弹行情；相反，原来股价出现大幅单边的上涨行情，投资者对后市处于一种极度疯狂的不理智状态，一旦出现下跌，前期获利盘会大量涌出，在市场顶部被套的人急于抛售，以摆脱亏损，这就反过来进一步加剧了下跌的速度。

在股市中，倒V字形出现的频率要远远大于正V字形。在不成熟的市场中出现的几率要远远高于成熟的市场。1993年2月自1559点开始的下跌行情，1994年9月从1052点开始的下跌行情，1996年12月从1258点开始的下跌行情，2003年4月从1646点开始的下跌行情都是典型的倒 V 字形反转。正 V 字型也多次在我国的股市中出现。1992年从386点开始的反转形态，1994年自325点发生的反转形态，1999年底出现的反转形态都是典型的 V 字形反转。

面对来势凶猛的 V 字形反转，特别是没有基本面变化莫测的反转，投资者在操作时想准确把握住行情相当困难，常常面临两难选择。以倒 V 字形为例：一方面，股价连续出现大幅飙升，可以给投资者带来丰厚的利润，但有股票的投资者出不出货，没有股票的投资者进不进货都是相当难作出决定的事。通过多年的总结，对待难以预测的 V 字形反转，我们可以采用一定的方式去防范：对于倒 V 字形，我们可以采取跟进式的止赢方法，让我们的利润尽量地扩大；对于正 V 字形，我们可以利用"缓冲区间"的办法，不要急于抄底，当岛状反转形态出现时再介入不迟。

2. V 形形态的测量意义

V 形形态具有测量功能。一旦 V 形形态形成，它预示后面还有一个相当于 V 形形态高度的空间将要运行。

实 战 演 示

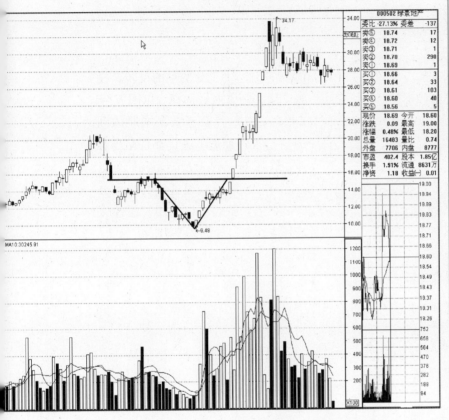

图 1-15　Ｖ形反转案例——绿景地产

　　2007 年"6·20"下跌之中，绿景地产连续暴跌，于 7 月 6 日见底回升，并边续以涨停方式反弹，至 7 月 11 日至 19 日构筑一个平台，这时一个 Ｖ 形形态便宣告确立。通过这个 Ｖ 形形态我们可以预测未来最小的目标是 7 月 6 日的最低点至平台之间的涨幅再加上平台突破点。

第一章　对技术指标的认识

（十三）楔形

楔形也是一个较少见的形态，而且预测准确程度相对不高，测量价值也不高，是所有形态中应用价值最低的一类形态。但是作为一种形态，我们仍然有必要对其进行了解。

就形态和持续时间两方面来看，楔形与对称三角形相似，也以两条相互聚拢的趋势线为特征，其交点称为顶点。从时间角度来看，楔形通常持续一个月以上，但是不会超过三个月，从而属于中等形态的范围。

楔形与众不同之处在其明显的倾角上，楔形具有鲜明的倾角，方向很明确，要么向上，要么向下。一般地说，楔形如同旗行一样，其倾斜方向与大盘走势相反，与是下降楔形属于看涨形态，在两条聚拢的趋势线的包围下倾斜向下，而上升楔形是看跌形态，在下跌走势中它的两条聚拢线是倾斜向上的。

如果楔形出现在即存走势中间，通常属于持续形态。楔形也可能出现在顶部或者是底部过程中，标志着原趋势的反转，但这种情况比前者少见得多。在上升趋势接近尾声时，我们也可能会发现一个较清晰的楔形，因为在上升趋势中，持续性楔形应当逆着流行趋势而倾斜向下，所以这个不寻常的上升楔形就成了一条重要线索：这是看跌的而不是看涨的。在底部，下降楔形或者是熊市可能终结的信号。

无论是楔形出现在市场运动的顶部或者是底部，都有一个共同的预测意义，上升楔形看跌，下降楔形看涨。

市场在从楔形形态中突围之前，通常至少要朝顶点经历过其全部距离的 2/3，有时甚至达到顶点形态才告完结（在楔形中，有些时候价格倾向于一直线移动到顶点，然后才能突围而出，这是它与对称三角形的另一个区别）。在楔形形成过程中，交易量应当收缩，而在突破时交易量应增加。楔形在下降趋势中比在上升趋势中持续的时间更短。

实 战 演 示

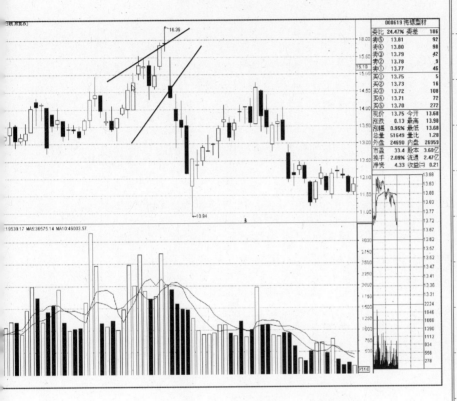

图 1-16　楔形案例——海螺型材

　　2007 年 5 月海螺型材用了一个月时间构筑了楔形形态，530 利空打破形态形成下跌趋势。这里的楔形形态实质充当一个反转形态。

第四节　持续形态

● 持续形态的定义和种类

　　股价长期进行一轮运行之后，进行短期的休整，之后趋势仍沿原趋势运行，在图表上表现为横向展开的暂时休息的形态就是持续形态。持续形态包括：旗形、箱形、三角形等。这里所介绍的几中图形只是常见的持续形态，其实，所有的形态都具有扮演持续形态的可能性，一般情况下，形态构成反转的可能性微乎其微，机率还不到 10％。

● **形成时间**

和反转形态相比，持续形态形成时间要短得多，它只是趋势的短暂休息，很快趋势就将重新沿原方向运行；反转形态的形成要花费更长时间，代表原趋势的变化。持续形态所花费的时间越长，则代表蓄势越充分，筹码更加稳定，则预示着趋势重新启动后幅度超大。形态形成规模越大，产生新一轮行情的动作越大。这里所讲的规模包括价格形态波动的宽度和高度，也就是说，形态形成所用的时间越长，波动幅度越大，趋势重新运行之后的幅度越大。

反转形态会导致趋势逆转，原来的操作都要做相应的调整，而持续形态是趋势的短期休息，因此，操作策略则不用有太大的变化，我们也只是跟随趋势进行短期休息。

新趋势的重新启动要以股价放量突破颈线为标志。没有突破的形态，只是原趋势的震荡整理，不构成反转的信号，也不构成我们操作的指导信号。

在很多情况下，持续形态并不会表现得象我们讲的这样容易分别，可能会呈现不太规则的变化，但无论如何变化，都有其大致的形态，对持续形态不要过份追求其完美性。

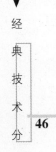

（一）矩形

当股市多空双方的力量处于相对平衡时，常常会出现一段时间的拉锯战，表现在走势图上，就是矩形形态。矩形形态的出现几率仅次于三角形。在价格图表上，通常是很容易辨别的，价格在两条平行的水平直线之间横向伸展。矩形是一种持续形态，它只是趋势中的休整阶段，出现反转的几率很低。在对获利盘进行消化吸收后，股价一般都会顺应原来的趋势运行。

矩形与三角形在形态上不同的是：矩形的两条趋势线都是水平的，而三角形的两条趋势线则是聚拢相交的。从预测意义方面来看，它算是与三角形类似，都是持续形态，代表的只是走势的暂时休整。但是有一点值得注意，三角形有时会以反转形态出现，例如下降三角形在顶部和上升三角形在底部时。

1. 矩形构筑时间

就持续时间来说，矩形通常属于 1～3 个月的类别，与三角形和楔形类似，但是其交易量形态与其他持续形态有所不同，由于其价格波动较大，避免了其余形态的成交萎缩的现象发生。在上证指数中，2000 年 8 月开始到 2001 年 4 月完成的形态就是矩形。

2. 矩形预测意义

我们把矩形称为交易区间或密集区。不管怎么样称谓，它通常只是既存趋势中的调整阶段，最终市场将顺着之前的趋势方向完结它。当价格决定性地收市于上边界以外时，矩形形态完成，并且指向现行趋势的方向。不过市场分析者必须始终保持警惕，注意矩形调整会不会演化成反转形态。在这种形态中，交易量的形态是值得观察的重要线索，因为价格向两个方向的摆动幅度相当广阔，分析者应密切注意在哪个方向上交易量最大。如果在价格上冲时交易量较大，而下撤时交易量较小，那么该形态可能是上升中的持续形态；如果较大交易量发生在向下运动中，那么可能是反转形态。

3. 矩形操作方法

如何利用矩形形态进行操作：在上涨行情中出现的矩形，我们可以在行情运行到下边支撑线时进行建仓，短线投资者可以在股价运行倒上边线时进行了结，长线投资者则可以继续持有，等待下一轮行情的到来；在下跌行情中出现的矩形，我们要趁股价运行到上边时果断减仓，尽量不要在下边去抄底，否则是逆势操作行为，其结果往往是得不偿失。当突破发生时，投资者要果断调整自己的持仓结构，做到顺应新趋势。在上涨出现的矩形突破后，要果断加码买进；如果是下跌行情出现的矩形出现突破下行，则要果断止损出局。

4. 矩形测量方法

关于矩形，最常用的测算技术是建立在价格区间的高度之上的，我们先从顶到底地量出交易区间的高度，然后从突破点起，顺势投射相等垂直距离。

实 战 演 示

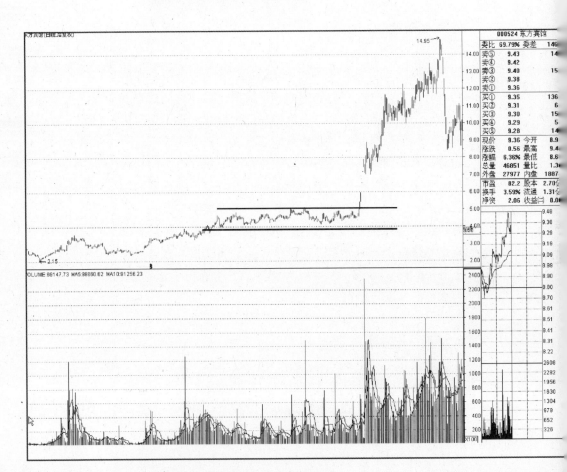

图 1-17 矩形案例——东方宾馆

从 2006 年 5 月～2007 年 1 月，东方宾馆用了半年多的时间构筑了完美的矩形整理形态，作为持续形态，因前期是牛市，就说明这个形态本身具有强烈的看涨信号，因此，在形态构造过程中，我们就是在等待其突破的来临。形态构筑的时间越久，其突破后的股价波动越剧烈。这个用了半年多时间构造的大矩形蕴含着巨大的做多动能，这个做多的能量在 2007 年 1 月 5 日得到爆发，长阳突破，后面连续的涨停板，股价短期内翻倍。东方宾馆的箱形走势又验证了股市的一句格言："横有多长，竖有多高。"

实 战 演 示

图 1-18　箱形案例——中江地产

中江地产于 2007 年 8 月见顶经过一轮下跌，这一轮下跌是下跌箱形成立的前提条件，这一轮下跌是箱形的方向性选择，之后形成一个标准的箱形形态，箱形加上前面一轮下跌就构成了下降箱形，这个形态的形成就预示下跌并没有完成，9 月 11 日放量破位，代表新一轮下跌又将展开，这时应果断离场，如果 9 月 11 日的向下突破没有离场，之后的反抽也是离场的良机，这种形态的预测准确率仅次于头肩形，尽量不要参与此形态的个股，如果持有者应早作了断。

（二）三角形

1. 三角形的种类

三角形是所有形态中最常见的形态，经研究发现 60% 的形态以三角形或者是以三角形的变形构成的，三角形可分为三类：1 对称三角形 2. 上升三角形 3 下降三角形，每一种三角形都有稍有差别的形态，具备不同的预测意义。我们下面一一介绍三角形的不同形态。

2. 对称三角形

（1）三角形的构成。在三角形形态中，要求最少有四个转折点，因为最少二点才能构成一条趋势线，因此只有四个转折点才能出现二条逐渐交合的趋势线，当然，这里所说的四个转折点是最少的要求，很多情况下，转折点会远远多于四个，

（2）三角形的时间。三角形形态有个独特的地方，那就是它的形态会自动完结，形态肯定会选择方向，它不象箱形一样可以无止境的运行下去，从形成三角形的四个转折点确立之后，三角形的时间终结点就已出来。

一般情况下，股价会在三角形横向宽度的一半到四分之三之间的中间的某个位置选择突破，大部情况下顺应原来的趋势。这里所说的宽度就是从左侧竖直的底边到右边顶点的距离。突破就是对二条趋势线的穿越，如果股价超过四分之三的位置还没有选择突破，那么这个三角形就开始失去其所蓄的能量，通常会持续的运行下去，直到顶点，既使突破，可信度、强度也会大打折扣。

三角形构成了价格与时间的有效结合。一方面，二条逐渐交合的趋势线界定了形态的价格边界，我们可以根据价格对趋势线的突破来判断该形态何时完成，形成新的趋势。另一方面，两条趋势线通过其形态宽度也可以提供时间目标，例如：如果三角形运行进间为 40 天，那么突破的时间就该在 20～30 天之间。

实际的趋势性信号是以突破二条趋势线为标志的，有时间，股价突破趋势线后会对趋势线进行反扑，但反扑的目标以突破点为止。在上升趋势中，上边的趋势线被突破后，这条线就构成了以后股价运行的支撑，在下降趋势中，下边的趋势线被突破后，这条趋势线就构成压力线，形成新的趋势后，三角形的顶点也会构成重要的支撑和压力，因为顶点代表三角形内多空成本。

3. 成交量在三角形中的运用

在三角形形成过程中，股价的波动会越来越小，成交量也会相应的越来越小，其实，这种成交萎缩的现象在很多形态都存在，当股价突破趋势线形成新的趋势时，成交量要明显放大，在随后的回抽确认中，成交量要出现萎缩，最后，趋势完全恢复，成交量会持续放大。

当股价向上突破时，成交量的放大对突破的确认非常重要，如果是向下突破，成交量同样的重要，但在突破的前几天，表现可能不明显，如果向下突破成交马上急剧的放大，这种情况下往往是假突破的表现，股价很有可能拐头向上。

在三角形形成的过种中，虽然成交量随着形态的形成是逐渐萎缩的，但是我们可以从成交量的细小变化中研判股价未来的趋势。如果在三角形内，股价上升时放量，下跌时缩量，那就代表多方占上风，股价向上的可能性大。如果下跌时放量，反弹缩量，那就代表空方占上风。

4. 三角形的测量方法

三角形的测量技术很有实战效果。一般有以下几种方法测量，首先，先测出三角形的的最大竖直高度，然后从突破点加上这个高度就是未来的运行目标。其次，从形态的前二个点拉出二条同另一趋势线平行的直线，未来的股价运行目标就是追逐这条线。

5. 对称三角形

　　对称三角形通常是持续形态，它代表行情进入休整期，三角形的运行只是行情为未来的发展进行蓄势，经过一段时间整理之后，大部分情况会持续原有的趋势运向行，原来是牛市，经过整理之后，股价可能继续上攻，原来是跌势，经过休整之后，股价可能会继续下跌。

　　上升三角形，上升三角形只是对称三角形的一种变体，其区别在于，对称三角形没有实际预测意义，而上升三角形本身是看涨的，在整个形态的形成过程中，多方占据主导地位，从某种意义来讲，上升三角形是多头打造出来的形态。

　　下降三角形，下降三角形同样只是对称三角形的变体，但是，下降三角形本身是看跌形态。从某种意义上来讲，下降三角形是空头打造出来的形态。

实 战 演 示

图 1－19　三角形案例——上证综指

上证综指在"5·30"行情之后形成了一个三角形形态，这个三角形从形态来讲属于上升三角形，因为上边接近平行，属于看涨形态。因为"5·30"行情前趋势为牛市，所以这个三角形形态是看涨的持续形态，形态于7月30日被放量突破，这时就是介入的良机。三角形突破后经常会有反抽的动作，但是一旦形态突破之后，我们尽量不要等待反抽，很多情况下股价会一路上攻。反抽可遇不可求，突破时要果断介入。此上升三角形在突破后进行一次急跌式回抽，正好回抽到颈线位置止跌回升，新的上攻趋势继续进行。

实 战 演 示

图 1-20　熊市三角形案例

　　2004年上证综指于1783点结束反弹走势，重新步入漫漫熊途，并跌穿了坚守几年的1300点防线，至2004年9月受利好消息刺激产生一轮急速反弹，最高攻至1496点，之后再度回落，在1300点至1500点之间构筑了一个大三角形，因为此三角形产生在熊市之中，所以此三角形就是持续形态，预示着行情经过整理之后仍将继续下行。

第一章　对技术指标的认识

（三）旗形

旗形在股市中是最容易出现的一种形态，它具有极其相似的两种形态，旗形和三角旗形。因为其具备相同的交易量和测算原则，也往往出现在市场的同一位置，所以我们放到一起研究。

旗形和三角旗形代表市场充满活力，但是暂时处于休止状态。事实上，剧烈的、几乎是直线式的市场运动，是旗形和三角旗形出现的先决条件。这两种形态说明，市场的陡峭上升或下跌过于超前消费，因而需要稍作休整，然后才能顺着原来的方向持续发展。

旗形和三角旗形是两种最可靠的持续形态，在极少数情况下引发市场的反转。在形态出现前股指就大幅上升而且成交量放大，在形态形成过程中成交量急剧地萎缩，在向上突破后成交量又会突然地迸发出来。

旗形与平行四边形或矩形相像，是由两条向流行走势相反的方向倾斜的、相互平行的趋势线围成的，但在下降趋势中，旗形可能会有稍稍向上的倾角。三角旗形以两条相互聚拢的趋势线为特征，从总体上说，更呈现出水平方向发展的特点，极像小的对称三角形。在这两个形态中，还有一个重要的先决条件。随着形态的逐渐形成，交易量呈现显著的枯竭。

相对而言，两个形态都是短期的，应当在1～3个星期之内完成。三角旗形和旗形在下降趋势中延续时间往往较短，经常不超过1～2周。在上升趋势中，两种形态的完成均以对上边趋势线的突破为标志，而对下降趋势中下边趋势线的突破意味着下降趋势线的恢复。对走势线的突破应当发生在重大的成交量背景下，通常情况下，向上突破的成交量因素比向下突破时起到更关键的作用。

两个形态在测算意义上是一样的，旗形和三角旗形被比喻成旗帜在旗杆中作"降半旗状"，旗杆就是先前的剧烈上升或下跌的轨迹。而"半旗"的含义是：这类小型持续形态倾向于出现在整个运动的中点。一般地说，在形态完成之后，市场将重复完成原先的那半旗杆。

确切地说，我们应当从原始的突破点起计算先前运动的距离。换言之，起算点应为当前走势萌生时信号发生的那一点。具体地说，这一点要么是价格穿越支撑或阻挡水平的点，要么是市场突破重要走势线的点。然后从旗形或三角旗形的突破点——在上升趋势中，为上边线被突破的点，而在下降趋势中，为下边线被突破的点起，顺着当前趋势的方向，量出相等的竖直距离，就得到了价格目标。

实战演示

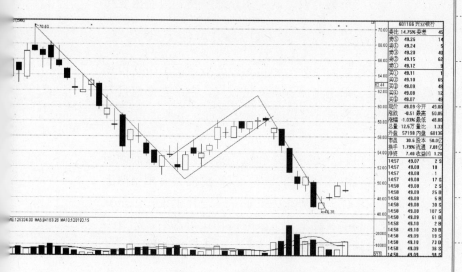

图 1-21　下跌旗形案例——兴业银行

2007 年 10 月 29 日~11 月 20 日，兴业银行产生一轮下跌，之后股价经历了一轮反弹走势，反弹过程中成交量并没有放大，说明空方仍然撑控着市场，只是反弹而已，K 线形态形成一个标准的旗形，加上前一轮下跌，至此形成了一个标准的下降旗形，这个旗形就预示还有一轮下跌，之后兴业银行果然出现一轮下跌，12 月 10 日跳空下跌击穿了旗形下边，确认了一轮下跌的开始。跌穿旗形下边就是短线出货良机。

第一章　对技术指标的认识

实战演示

图 1-22 旗形案例——中信证券

　　中信证券在 2007 年 7 月至 8 月间展开一轮强势上攻行情，积累了大量的获利盘，急需进行休整，中信证券于 2007 年 8 月 23 日至 9 月 12 日形成一个标准的旗形，对前期过快上升趋势进行休整。因为前期中信证券的趋势向上，旗形为持续形态，我们可以预测中信证券后市还会上涨，9 月 13 日的放量中阳线突破旗形颈线，预示新一轮的上攻行情将展开，我们可以看到，中信证券股价稍着休整之后即展开了新一轮的上攻。从旗形的测量功能，我们可以算出，中信证券二轮上攻的幅度基本接近。

第五节　缺口理论

价格跳空是指在 K 线图上没有发生交易的区域。比如说，在上升趋势中，某天的最低点高于前一天的最高点，从而在线图上留下一段当天价格不能覆盖的缺口。在下降趋势中，对应的情况是当天的最高价低于前一天的最低价。向上跳空表明市场坚挺，而向下跳空则通常是市场疲软的标志。跳空现象在长期性质的周线图和月线图上也可能出现，而且一旦发生了，就非同小可，不过它在日线图上更常见。还有一些投资者对跳空存在误解："跳空总会被填补"，这是不正确的。跳空缺口有以下几种类型。

1. 普通跳空缺口

普通跳空缺口在四种缺口类型中预测价值是最低的，通常发生在交易量极小的市场情况下，或者是在横身延伸的交易区间的中间阶段。其主要的原因是市场投资者无兴趣，市场清淡，相对小的成交量便足以导致价格跳空。这种缺口在分析中可忽略不计。

2. 突破跳空缺口

突破型跳空缺口通常发生在重要的价格形态完成之后，或者新的重要市场趋势发生之初。在市场完成了主要的底部反转形态，比如头肩形态之后，对颈线的突破经常就是突破跳空的温床。另外，因为原趋势被突破时意味着趋势反转，所以也可能引发突破跳空。突破跳空通常是在高额成交量的情况下形成的，它经常是不被填补的，价格也许回到缺口的上边缘（在向上突破的情况下），或者甚至部分地填回到跳空中，但通常其中总有一部分没补上。一般情况下，如果缺口形态形成时成交量越大，其被填补的可能性越小，这种缺口已构成了重要的支撑和压力位。

3. 中继跳空缺口

当新的市场趋势发生并发展过一段时间之后，大约在整个运动的中间阶段，价格将再度跳跃前进，形成一个跳空或一系列的跳空，称为中继缺口。此类缺口反映出市场正以中等的成交量顺利地发展。在上升趋势中，它的出现表明市场坚挺，而在下降趋势中，则显示市场极度地疲软。正如突破跳空的情况一样，在上升趋势中，中继跳空在此后的市场调整中将构成支撑区，它们通常也不会被填回，而一旦价格重新回到中继跳空下，那就是对上升趋势的不利信号。这类缺口又称测量缺口，因为它通常出现在整个趋势的中点，所以我们可以从本趋势的信号突破处，顺着趋势翻出一番，从而可测出该趋势的发展余地。中继跳空缺口是唯一具有测量意义的一类。

4. 衰竭缺口

这类跳空出现在一个市场趋势的尾声处，在价格已经抵达了所有的目标，并且上面介绍的两种缺口均发展迅速而且清晰可辨，我们就可以预期衰竭缺口的到来。在上升趋势的最后阶段，趋势已是奄奄一息、回光返照，跳上一截，但最后的好景不长，在随后的几天乃至一个星期里马上开始下滑，当收市价格低于这种最后的跳空后，表明衰竭缺口已形成。上述情况非常典型，说明在上升趋势中，如果跳空填回，则通常具有疲弱的意味。

岛状反转是缺口理论中重要的一节。有时候，在向上衰竭的缺口出现后，价格在其上方盘桓数天乃至一个星期，然后再度跳空而下，在图形上就形成了一个岛状，这种由衰竭缺口和突破缺口共同构成的岛状是一个很重要的反转信号。除了岛状反转外，日内价格的跳空也是我们应该分析的内容，它同样具有压力和支撑的作用。

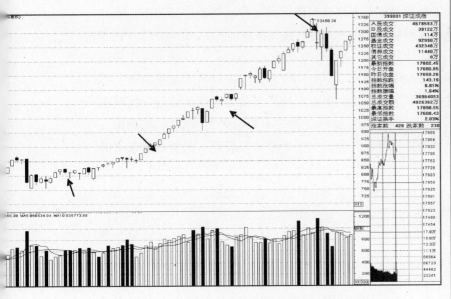

图1-23 缺口案例分析——深证成指

前面我们所讲的四类缺口,在每一轮行情之中基本都会出现,我们这里以深证成指227暴跌至530暴跌之间的上涨趋势为例来说明四大缺口。

2007年3月7日,深证成指跳空高开,因这个缺口出现在整理形态之内,因此它属于普通缺口,这个缺口意义不大。2007年4月3日深证成指跳空高开形成缺口,这个缺口出现形态刚刚突破之后,是典型的突破缺口,2007年4月23日深证成指跳空开盘形成缺口,因为些缺口出现在行情上涨一段之后,因此,这个缺口可以看着中继缺口,我们可以用来测量大盘还有多少涨幅。5月28日和29日连续跳空形成缺口,这是典型的衰竭缺口,预示着行情将要调整。

1. 骗线

技术分析派多是按图索骥来投资,技术形态被技术分析者视为"摇钱树"。但是在这个弱肉强食的市场中，技术形态却经常被主力利用，形成一个个骗线。有时主力在建仓时为了达到吸纳便宜筹码的目的，想方设法、处心积虑地改变图形，骗中小散户去抛售手中的股票；有时庄家为了顺利出局，也会使出浑身解数诱骗中小投资者去跟进某只股票。因此在基本面因素和技术面因素的作用下各种骗线便应运而生。面对形形色色的骗线，我们该如何识别真假，去伪存真呢？

基本面的变化对股价有着立竿见影的效果，是造成技术骗线的重要内因，因此假消息便成了主力行骗的主要工具。现代社会资讯发达，各种小道消息满天飞，各种假象充斥着整个证券市场，令广大投资者难辨真假，而有些主力更是为达到不可告人的目的，趁机浑水摸鱼，把整个市场搞得乌烟瘴气，中小散户往往会在这时候不知不觉成了主力的盘中餐。最明显的就是琼民源、亿安科技、银广夏等，让多少投资者黯然神伤。但是如果我们用一种平常心去冷静地观察，就会知道每次假消息都有其不可告人的目的，都是主力别有用心制造的，一些所谓的"真消息"往往是主力刻意安排的圈套。有些股票的股价已涨到"天花板"，上市公司却还在出利多消息的，无疑是"司马昭之心"。对于基本面的变化，我们最好通过盘面去验证，看看这些消息是否已经被行情所消化，那些已经消化的消息多是主力所设的骗局。

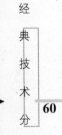

主力在用基本面变化来麻痹投资者的同时，也不会忘记用技术手段来骗取广大投资者。首先是制造假形态，主力凭借其资金优势，把图形造得很好，头肩底、双底等呼之欲出，等待投资者进入圈套。假突破也是主力常用的方法，通常是价位突破了形态，双底颈线突破、趋势线突破、均线穿越等，但是却又逆转直下；假成交量也是令人最容易上当的一种骗局，通过对敲，使成交放大，激发市场人气，或者是挂大单，造成投资者的心理恐惧或者是放松警惕。对于假形态我们可以等其突破后方跟进；对于假突破我们可以观察其成交量是否有效放大；而对于假成交量，我们可以观察其盘面看其成交是否均匀持续，对敲单多比较大，且多为整数。

有些主力更是为了达到目的，利用消息面和技术面配合，先给中小散户一点点甜头，等到广大投资者对其深信不疑时，才露出狼子野心，来个一网打尽。最出名的就是"东方去死"操作"青山纸业"的案例。

总之，主力通过技术手段来诱骗中小散户的伎俩繁多，但是假的终归是假的，始终会露出许多破绽。广大投资者要想做一个好猎手，不上当受骗，就要王戎识栗，常言道："不赚便宜不上当。"

第六节　直线分析法

　　直线分析法是在 K 线等技术图表中画出一些重要的直线，利用这些直线进行分析的方法。掌握和应用直线分析法是技术分析派的必备手段，它是按照一定的方法和原则在股票价格图表中画出一些直线，并根据这些直线来预测和研判股价运行的未来趋势、压力和支撑位等的分析方法。这些直线是一些重要的股价转折点的连线，或是以一定的相对高度或角度画出来的。

　　在直线分析法中，根据不同的分析目的可分为：支撑线、压力线、趋势线、轨道线、黄金分析割线、百分比线，以及扇形线和速度线等等。直线分析法不但自成一体，而且是其它技术分析的重要辅助工具之一。

　　通过直线分析法，我们可以了解股价的压力位和支撑位，即充当支撑线和压力线。支撑线和压力线对于股价运行趋势起着一定的制约作用。一般地，股价在向上涨到压力线附近时就会掉头下跌，在下跌至支撑线附近时就会掉头反弹。但是，股价也经常会在上涨达到压力线后继续向上，或者在下跌到支撑线后继续向下。这种打破直线继续运行现象就是我们经常说的突破。突破是实现支撑线和压力线互相转换的标志性动作。

　　通过直线分析法，我们可发以明确的指出趋势运行方向，为我们实际操作提供指导性意见。我们后面将论述趋势线的运用方法，这种简单有效的画线方法在实战中的效果却非常突出，是一种不得不撑握的分析方法。

　　自从直线分析法产生以来，证券市场的专业人士发明了很多实用价值很高的直线分析法。趋势是一切直线分析方法生存的根基，为了透彻地理解切线理论和掌握各种重

第一章　对技术指标的认识

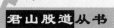

要切线的分析精髓，我们从各种分析方法的产生机理讲起，我们首先要讲下趋势的产生原理。

1. 趋势基础

在技术分析的研究方法中，趋势是个核心的概念。所有的直线分析方法的目的都是帮助我们预判趋势的运行方向，从而使我们能够顺应趋势。所谓趋势就是各种内在因素合力作用下产生的外在表现，这种表现包括股价的运行方向和惯性力度。

一般情况下，趋势并不会直线运行，往往是一波三折还充满诡异的变化。股价是沿着趋势运行的是我们技术分析的三大原理之一。在股价图表中趋势会呈现明显的波峰和波谷，依次上升的波峰和波谷就是上升趋势，依次下跌的波峰和波谷就是下降趋势，横向波动的波峰和波谷就是盘整趋。

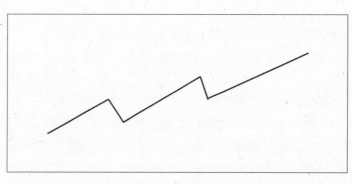

图 1-24　上升趋势

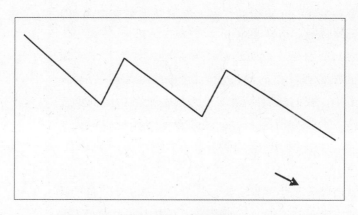

图 1-25　下跌趋势

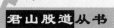

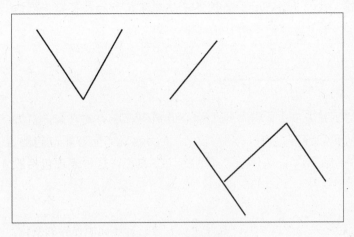

图 1－26　盘整走势

2. 趋势的三种方向

我们所有研究的目的都是发现趋势的运行方向，然后和趋势交个朋友，顺应趋势操作，因此，趋势的运行方向是我们首先要了解的。

不管趋势如何运行，都逃不脱三种方向：第一，上升；第二，下降；第三，盘整。很多投资者的心目中趋势只有上升趋和下降趋，视盘整为无趋势，这只是定义的方法问题，和我们探讨的问题无关。

前面我们讲过了趋势的三种运行方向，现在我们探讨趋势的运行规模，趋势的运行规模包括时间和空间。它包括主要趋势、次级趋势和短暂趋势，也就是我们平时所讲的长期趋势、中期趋势和短期趋。道氏理论以时间来论三种趋势，我们的理论以空间来定义三种趋势。道理很简单，我们的所有操作是为了捕捉股价空间的差别。当然，大多数情况下，三种趋势的时间和空间是一致的。

长期趋势运行时间多以年为单位，有些长期趋势的运行时间可能达到十几年。长期趋势运行之中会出现很多的中期趋势和短期趋势，这些趋势有时和长期趋势方向一致，有时又会相反。2001 年至 2005 年中国证券市场运行的是长期下降趋势，2005 年至 2007 年运行的是长期上升趋势。

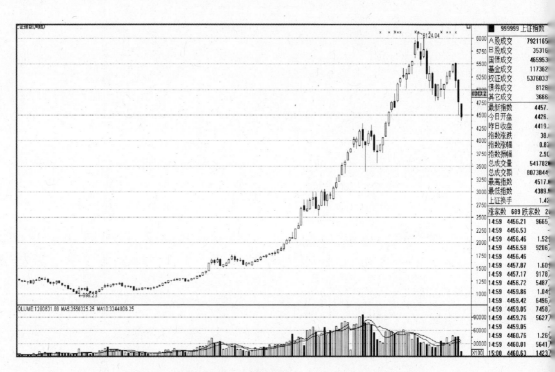

图 1-27　长期趋势

2005 年一个长期趋势形成，中国股市一路上涨，2005 年 6 月份至 12 月份是筑底阶段；从 2005 年 12 月开始展开边续多轮主升浪，2005 年 12 月至 2006 年 5 月份为第一轮上攻。2006 年 6 月至 2006 年底为第二轮上攻，之后股市上攻是轮番展开，这就是长期趋势。

中期趋势是长期趋势的一个运行阶段，中期趋势的方向可以同长期趋势一样，也可以逆长期趋势而行，是长期趋势在休整过程中出现的波动，中期趋势运行的时间为几个星期到几个月不等。例如 227 行情至 530 行情之间的上升浪就是中期趋势。

图 1-28 中期趋势

2007 年 227 暴跌之后，股市随即展开一轮连续上攻行情，这轮行情就是长期上升趋势的一个阶段性上升浪，属于中期趋势。

短期趋势则指一个小波段行情的运行，多则几周，少则几天。这可以和大趋势方向一致，也可逆大趋势方向，有很多情况下，短期趋势可以和中期趋势方向不一致。短期趋势的方向变化非常快，所以很多短线投资者容易亏损。

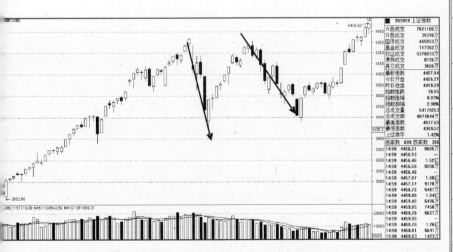

图 1-29 短期趋势

"5·30"暴跌是短期趋势的典型案例，它是逆大势而行，2007年6月5日至6月20日的上升属于短期上升趋势，也属于短期趋势，但它属于和大趋势方向一致；之后的620下跌同样是逆大趋势方向的短期趋势。

（一）趋势线

尽管趋势是曲折蜿蜒一波三折，但趋势却是由明显的特点，它是由依次上升的波峰和波谷构成的。在上升趋势中，将依次上升的波谷连成一条直线就是上升趋势线；在下降趋势中，将依次下降的波峰连续成一条直线就是下降趋线。根据趋势运行级别不同我们可以将趋势线分为长期趋势线、中期趋势线和短期趋线；根据趋势运行方向不同我们可以将趋势线分为上升趋势线和下降趋势线。

趋势线代表股价波动的方向，根据趋势线可以研判股价运动的趋势。在上升趋势中，连接股价的波谷与波谷所得的直线即为上升趋势线，代表趋势处于上升状态；在下降趋势中，连接股价的波峰与波峰所得的直线即为下降趋势线，代表趋势处于下跌状态。显然，上升趋势线位于一个上涨行情波段中股价的下方（如图1-30），对股价的波动起着支撑作用，而下降趋势线位于一个下跌行情波段中股价的上方（如图1-31），对股价的波动起着压制作用。

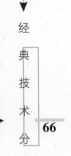

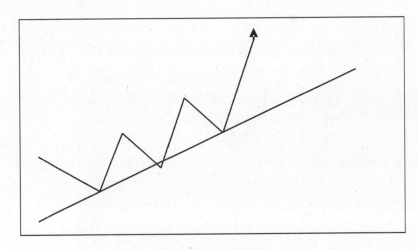

图1-30 上升趋势线

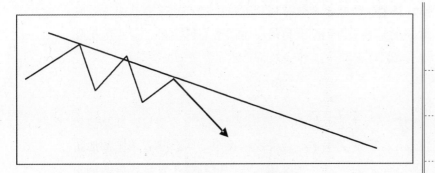

图 1-31　下降趋势线

1. 趋势线有效性的确认

正确的画出来一条趋势线是一门技术。在很多情况下，我们会发现连续相连的波谷和波峰之间可以画出来很多直线，因此，我们要对我们所画的趋势线进行验证，只有出现了第三个点触击趋势线之后，又被趋势线挡回去，才能确定这个趋势线有效。验证一条趋势线的有效性，还要从方向、频率和时间三个方面来进行全面分析。首先，从趋势运行方向上来看，必须确认趋势的存在，即股价波动的确具有方向性，也就是说，在验证上升趋势线时，需要找出两个依次上升的股价的波谷，两个波谷之间的连线是向上的；在验证下降趋势线时，则需要找出两个依次下降的股价的波峰，两个波峰之间的连线是向下的。其次，从频率上来讲，必须确认趋势线至少被触及过三次或以上，才能说明趋势线是有效的。这同几何学的观点有所不同，在几何学上两点可以确定一条有方向的直线。但是，在股市上，一条趋势线在股价波动中被触及的次数必须达到三次以上，才能验证趋势线的有效性。一般地，触及频率越高，趋势线的有效性越高，则该趋势线对于研判行情就越是具有指导价值。最后，从时间上来说，一条趋势线沿着一个确定的方向延伸的时间越长，则其越是具有有效性。此时，这条趋势线可能演变成为一条中期甚至于长期趋势线，对于预测股市的大方向就显得更加重要了。

总之，在实际运用中，必须从上述三个方面来综合地把握趋势线的有效性，以增强行情研判的准确性和有效性。一般地说，一条趋势线越是有效，则其就越是具有技术分析意义，它对股价波动所起的支撑或压力作用就越是准确、越是有效。

2. 趋势线的突破

在一方有效的趋势线之下，我们经常遇到"突破"的情形，即趋势线遭到突破，行情发生反转。一般地，趋势线被突破，即意味着未来的股价趋势将要反转：趋势线越是有效，则发生反转的信号越是强烈；反转的发生将引起趋势线作用的改变——原有上升趋势线将起压力作用，原有下降趋势线将起支撑作用。进一步地，同以前我们谈到的突破一样，趋势线的突破，也必须确认其有效性。

3. 趋势线突破确认方法

很多情况，趋势线被击穿之后，趋势并没有被破坏，而是经过短暂的破坏后又重新回到趋势线之上，如果我们把趋势线的破坏看着趋势的破坏可能影响到我们的操作，因此对趋势线突破进确认非常必要。具体确认方法可以有以下几种：

（1）空间过滤。对趋势线突破必须达到 3％ 以上，如果只是小幅的突破，而马上被修复则可视为无效突破。

（2）时间过滤。股价突破趋势线后连续三天没有回归。则视为有效突破。

（3）成交量。突破的成交量必须是放大的，当然下跌时有些时间不需要成交量。

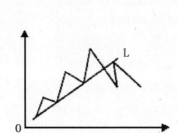
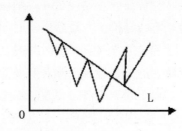

（二）支撑线

1. 支撑和压力线形成原理

我们在实际操作中经常会遇到这样的现象，当股价在达到某一特定价位时，会马上掉头向相反的方向运行，而且常常在这个价位多次出现掉头的现象，这个价位就是所谓的压力线与支撑线。压力线和支撑线会相互转化，压力线被多方突破之后就转化为支撑线，支撑线被空方击穿之后就会形成压力线。

2. 支撑线的形成与应用

支撑线则是由于某个重要的压力线被突破之后，形成大量的踏空筹码，当股价重新下跌到这个区间时，原有的踏空资金重新入场，而卖盘随着股价的下跌则逐渐转弱，从而使股价停止继续下跌而出现反弹。支撑线不会无中生有，它之所以会形成支撑有以下几个方面的原因：

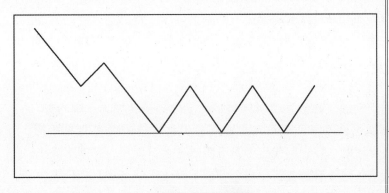

图 1-32　支撑线

（1）成交密集区。就是在历史上某一特定价格区间出现过大量的成交，之后股价上涨，如果股价再次回落到这里后，就会形成一种支撑作用。做空者获利筹码已清，手中没有继续用来抛空筹码；而原来错失前期上涨的投资者会趁低吸纳；举棋不定者套牢已深，筹码锁定不轻易斩仓，有相当一部分持有股票者对后市并没有失去信心，不会在这一价位区间抛出筹码的，正因为持有筹码者惜售，行情难以跌破这一价位。故在这一价位区间供应小于需求，自然形成了强有力的支撑基础，因为买气大增，卖方惜售，使得价位调头回升。

（2）心理关口。某些重要整数关口常会形成重要支撑，如2001－2004年间的1300点就是一个重要的心理关口。大多数的投资者认为这里是底部区间，不愿意抛出手中股票，而场外资金则逢底入市。二者共同做用促使一些重要的心里关口形成支撑。

（3）技术位。技术上包括两种情况，首先就是缺口，前期行情有上涨时留下的跳空缺口；其次是正常的回调位，如50％回调位、0.382回调位等。

行情在支撑线获得支撑后会演变成两种情况，一是反弹上升，这种可能性几率较高；二是突破下行。广大投资者对后市感到不客观，大量抛出所持有的股票，支撑线便有效击破，行情继续下行。这时支撑线就变成了压力线。

在利用支撑线进行股市分析时应注意以下几点：

上升趋势里，如果股价跌到支撑线，则是最好的入货机会，我们要果断入市等下次行情的到来，但是要以支撑线作为止损点，因为支撑线有可能被跌穿。

股价由上向下跌破支撑线，说明行情将由上升趋势转换为下降趋势。一般来说，在长期上升支撑线线被跌穿之后，代表将会出现长期下降趋势，中级上升支撑线被击穿，则代表中级下降趋形成；同样，长期下降压力线被击穿则代表长趋上升趋势将形成，中期下降支撑线形成，则代表中级上升趋势将形成。上升趋势里，如果一旦股价跌破支撑线，就要果断地止损，因为行情将会向下寻求新的支撑，而且这个支撑线也将成为重要的压力线。下降趋势中，如果下降压力线被击穿，则要果断买进，原下降压力线变成支撑线。

3. 压力线的形成与应用

所谓压力线是由于某个价格区间堆积了大量的浮动筹码，当股价上升至这个筹码密集区时，有大量的卖盘涌现，买盘则相应薄弱，从而使股价的继续上涨受阻。压力线不会无中生有，它之所以会形成压力有以下几个方面的原因：

（1）成交密集区，就是历史上某一特定的价位一带出现过大量的成交，之后股价下跌，如果股价再次回升到这里后，就会形成一种压力作用，原来套牢的筹码看到回升，担心再次出现下跌，会在这里选择出货观望，做多者看到价位已升，也会持币观望，获利者会选择出货。

（2）心理关口，某些重要整数关口对投资者会产生一种无形的压力，常会形成重要压力线。

（3）技术位，技术上包括两种情况，首先就是缺口，前期行情在下跌时留下的跳空缺口；其次是正常的反弹位，如反弹到50％位，或者0.382位等重要技术压力位。

行情在压力线获得暂时的阻挡后，并不是一定会出现下跌走势。后势有两种可能：一是重归跌势，股价在短线获利盘和解套盘的双重打压下重拾跌势；二是突破上行，在投资者的不断买入下，突破压力线的压制，发生逆转行情。

在利用压力线进行股市分析时应注意以下几点：

第一，下降趋势里，如果股价涨到压力线，则是最好的出货机会，我们要果断出货等待下次行情的到来。

第二，上升趋势里，如果一旦股价放量突破压力线，就要果断地买入，因为行情将会在打破压力线后轻松上行，而且这个压力线也将成为重要的支撑线。股价由下向上突破压力线，说明行情将由弱势转强势。

4. 压力线和支撑线的确认

一个压力线和支撑线形成之后，其所形成的压力和支撑越大，我们就认为其越有效，如何预判压力和支撑线的有效应，要坚持以下几点：

（1）时间。压力和支撑区所形成的时间越长，其所构成的压力和支撑越有效。股价在压力和支撑区运行的时间越长，表明股价波动在这一区域保持既有趋势的时间越长，则该支撑线或压力线的作用发挥越强烈，对于当前行情的研判就越是具有技术意义。

（2）压力和支撑形成时间离我们越近，这个压力和支撑越有效。时间越近，多空力量的转换越难，所形成的压力和支撑就越有效。

（3）在压力和支撑区所形成的成交量越大，压力和支撑越有效。

总之，在确认支撑线和压力线时，必须全面考虑到上述三个因素，缺一不可。

5. 压力线和支撑线的相互转化

支撑线和压力线构成了多头和空头的防守阵地，但是阵地有可能被对方攻破，有效攻破之后，两者就实现了转换。一个上升趋势的发展过程中，肯定会遇到层层压力，趋势要继续运行就要对这些压力攻击，当一个重要的压力线被攻破之后，这条压力线就转化为重要的支撑线性。同样，下降趋势在下跌过程中也会遇到多头的层层阻击，趋势的发展就必须击破这些阻击空头的多方阵线，这些对空方进行抵抗的支撑线一旦被击穿就形成了重要的压力线。

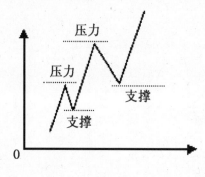
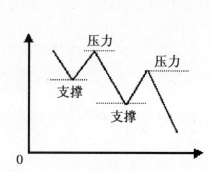

图 1－33

这里的相互转化成功与否，要依据我们前面所讲趋势线的突破确认方法。

（1）空间过滤。对趋势线突破必须达到 3% 以上，如果只是小幅的突破，而马上被修复则可视为无效突破。

（2）时间过滤。股价突破趋线后连续三天没有回归。则视为有效突破。

（3）成交量。突破的成交量必须是放大的，当然下跌时有些时间不需要成交量。

（三）管道线

管道线又称返回线、轨道线等。是趋势线技术的另一应用方法，具有非常高的实战价值。在前面的直线理论之中，我们介绍了趋势线的画法，懂得了趋势线的画法，管道线并不难理解。管道线是基于趋势线的一条直线。我们知道，趋势线对于股价波动具有制约作用，上升趋势线抵制股价的向下波动，保护上升趋势继续运行；而下降趋势线阻止股价的向上波动，保护下降趋的继续运行。如果在一个确定的趋势中同时将上升趋势线或下降趋势线同与其平行的峰与峰的连线或谷与谷的连线画出，我们就可以看见股价的波动被限制在一个通道之内了，这就是我们这里所要探讨的管道线，它其实是在根据一条既有的趋势线所作出的一条平等线。

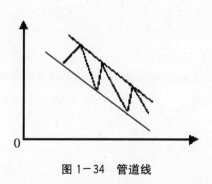

图 1-34　管道线

如果现有趋势是上升的，则这条平行线就是股价的峰与峰之间的连线。其中，上升趋势是一条支撑线；这条平行线是一条压力线。由它们组成的这一管道，则称为上升通道。如果现有趋势线是下降的，则这条平行线就是股价的谷与谷之间的连线。其中，趋势线是一条压力线；这条平行线是一条支撑线，也叫下轨线。由这两条平行线所组成的这一管道，则称为下降通道。

趋势线是独立存在的，而管道线只是与趋势线相对应而存在的。而且，当我们谈到上轨线时，是仅仅对应于上升趋势的，没有下降趋势中的上轨线；而提到下轨线，是对应于下降趋势的，也没有上升趋势中的下轨线。

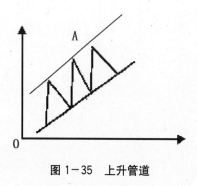

图 1-35　上升管道

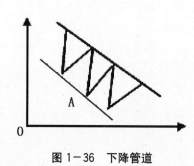

图 1-36　下降管道

管道线的作用在于与趋势线一起构成一条管道，将股价的波动限制在一个大致的范围之内。一旦一个管道确立，则股价一般都将在这个通道中运行，除非形成突破。

如果股价形成对上升管道的突破，代表趋势越来越强，上升趋势在加强，这和趋势线的突破正好相反，趋势线的突破代表趋势被破坏，原有趋势要发生逆转。同样，如果股价击穿下降管道线，代表下跌趋势加剧。

在一个上升轨道中，股价如果在一段波动中远离上轨线的地方就开始掉头向下，则表明空方力量在转强，多方已无力维持现有趋势，往往是趋势将要反转向下的信号。反之，在一个下降轨道中，股价在一段波动中运离下轨线的地方即开始掉头向是，则代表多头在同空头的较量中开始占据主动，通常是趋势将要反转向上的信号。

（四）黄金分割线

黄金分割是大自然造物主给我们投资者提供的恩赐，其可用于宇宙中一切完美的东西，我们知道希腊人利用黄金分割建造神圣的巴特农神殿，埃及人利用其建成了闻名遐迩的金字塔，达．芬奇的"维特鲁威人"、"蒙娜丽莎"等都是黄金分割的休现；从蜗牛壳的轮廓，到人的耳朵，再到银河系的外观，都有同样的对数螺线形态；另外有人研究过向日葵，发现向日葵花有 89 个花瓣，55 个朝一方，34 个朝向另一方；更有人研究过 65 名妇女的肚脐高度，宣称平均数是她们身高的 0.618（这可能是现在很多女孩子穿露脐装较为美丽的原因吧！）。现在有一种观点认为，整个宇宙的生长形态都是以黄金比数为基础构造出来的。

黄金分割、对数螺线，及至波浪理论等都有一个共同的数学基础——菲波纳奇数列。为何菲波纳奇数列在股市仍具有如此魔力？因为股市也是大规模的人类活动，也是生长现象的一种体现，所以菲波纳奇数列也同样适用于股票市场。经过多次实践证明，菲波纳奇数列在中国股市同样具有神奇作用。所以菲波纳奇数列是循环理论的空间循环和时间循环的数学基础，它在本操作系统中被广泛地应用。

在意大利著名的比萨斜塔附近有一座塑像，他就是 13 世纪的数学家——菲波纳奇。他发现了一组神奇数字，这组数列就是：

1，1，2，3，5，8，13，21，34，55，89，144，233，377……等等，以至无穷。

这组神奇数字存在着许多有趣的性质，下面是它的数字之间的关系。

⊙除了前四个数字外，每一个数字与它后面的数字之比，均近似 0.618。并且越往后越接近 0.618。例如 $5 \div 8 \approx 0.6$，$8 \div 13 \approx 0.615$，$13 \div 21 \approx 0.619$，$21 \div 34 \approx 0.617$，

$34 \div 55 \approx 0.618$，$55 \div 89 \approx 0.618$。

⊙除前四个数字外，任意两个数字与相邻的前一个数字的比值均接近 1.618 或者 0.618 的倒数。例如：$13 \div 8 \approx 1.625$，$21 \div 13 \approx 1.615$，$34 \div 21 \approx 1.619$。

对于上面的数字，我们在时间周期中运用了菲波纳奇数列进行测算时间周期，我们这里所有用的其实就是我们的测量尺。主要运用了以下几个数字，0.382、0.618、1、1.618、2.618。

对于以上重要的黄金分割数字，我们有两种用法。

（1）当行情回调时，我们可以用来测量行情的目标位。行情从会在 0.382、0.618 位出现止跌。

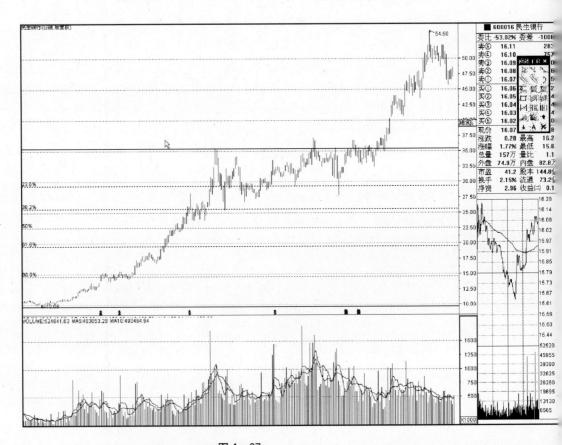

图 1—37

（2）当新一轮行情展开后，我们可以用来测量未来趋势的发展目标。新一轮行情的目标位一身是上一轮行情涨幅的 1 倍或 1.618 倍。

图 1－38

经典技术分析

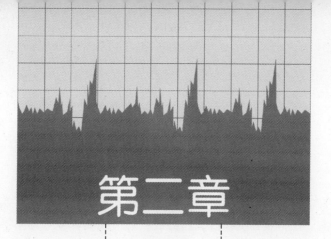

第二章

形态的应用

第一节　技术指标

我们在前面的章节中探讨了趋势的方向和种类，并研讨了如何利用股价技术形态、压力线、支撑线、趋势线、管道线和黄金分割率等来判别趋势的运行，这些都是直观的技术分析方法。这些分析方法可能存在着太多主观的成份，不同的投资者可以将图表画成不同的形态，我们很难判断孰是孰非，随着技术分析的发展，有很多技术分析师将股价进行量化分析，这就产生了让投资者眼花缭乱的技术指标。

随着计算机的应用，五花八门的技术指标让投资者无所适从，现在的分析软件中，基本都会有几十种技术指标。但是百变不离其中，通过对目前流行的技术指标研究，我发现指标整体分为三大类。

（1）趋势指标。这类指标重在研究趋势的转换，例如移动平均线、动向指标和顺势指标等。

（2）强弱指标。强弱指标通过对数据的加工，用以发现股价波动强弱的指标，我们可以通过一些数值来判断趋势可能发生的变化。

（3）量能指标。成交量是技术分析的灵魂，通过研究成交量的变化来研判趋势的运行情况而设计的指标就是量能指标。

从实战效果来讲，技术指标能给投资者提供明确的趋势信号。一些初入市的投资者对股价的波动感到迷茫而无助，技术指标可以提供明确的方向，对初入市者是个不错的参考依据，但对于经验丰富的投资者来讲，用处并不是非常大。

对于技术指标的使用，投资者不可以过于迷信某一个技术指标，这样可能无法防范指标具有的缺陷；也不能盲目把所有指标都用上，这样一来，我们天天看到无数个买进卖出信号，可能会更加迷茫。我们可选择二三种有价值的指标综合起来使用，即可防范某一种技术指标的天生不足，又不致于无所适从。

(一) 移动平均线 (MA)

移动平均线是由美国技术分析大师葛兰威尔 (Granville) 根据道氏原理创立的，移动平均线实质上是和中追踪趋的分析工具，其目的在于识别趋势已经终结和新趋势要发生的契机，它以跟踪趋势为已任。

移动平均线是一种平滑工具，通过计算价格数据的平均值，我们得到一条起伏平缓的曲线，它消除了让投资者心惊肉跳的波动，它表达了趋势的方向，但却具有明显的滞后性。

移动平均线因其直观性、实用性而受到广大投资者的青睐，是目前股市中应用最广的一种技术分析工具，所有的分析软件都带有移动平均线，投资者可以轻松使用。它是运用统计分析的方法，将一定时期内的证券价格（指数）加以平均，并把不同时间的平均值连接起来，形成一根移动平均线，用以观察证券价格变动趋势，并以此来预测未来市场趋势的一种技术指标。移动平均线就是连续若干个交易日的收盘价格的算术平均值的连线。"若干个交易日"就是我们常说的时间参数，可以根据我们研究趋的不同采用不同的数值，在运用中可以取 5 日、10 日、20 日、30 日等等，也就是所谓的 5 日均线或 MA (5)、10 日均线或 MA (10)。

在移动平均线的发展过程中，投资者采用了不同的方式对数据进行处理。根据数据处理方法的不同，移动平均线可分为算术移动平均线（SMA）、加权移动平均线（WMA）和指数平滑移动平均线（EMA）三种。在实际应用中最常使用的是指数平滑移动平均线。

在实际应用中，投资者常会根据所研究的不同趋势而采用不同的周期。根据计算周期长短不同，移动平均线又可分为短期、中期和长期移动平均线。通常以 5 天、8 天线来预测市场的短期走势，称为短期移动平均线；以 21 天、55 天线预测中期走势，称为中期移动平均线；以 144

第二章 形态的应用

天、233天线研判长期趋势，称为长期移动平均线。在成熟的证券市场中，投资者比较注重长期投资，因此，多运用233天移动平均线，并以此作为长期投资的依据。若股票价格运行在233天均线以下，属空头市场；反之，则为多头市场。

由于短期移动平均线较长期移动平均线反应灵敏，更易于反映行情价格的涨跌，所以投资者一般又把短期移动平均线称之为"快速移动平均线"，长期移动平均线则称为"慢速移动平均线"。

移动平均线的基本思想是将一个周期的股价进行平均，以此来消除股价随机波动所带来的影响，寻求股价波动的内在趋势。它有以下几个特点：

（1）追踪趋势。移动平均线能够表示股价的趋势方向，并追踪这趋势，如果能从股份的图表中找出上升或下降趋势，那么，移动平均线将与趋势方向保持一致。原始数据的股份图表不具备这个追踪趋势的特征。

（2）滞后性。在股价原有趋势发生反转时，由于移动平均线追踪趋势的特征，使其行动往往过于迟缓，调头速度往往滞后于新趋势，当移动平均线调头时，新趋势已运行了一段时间，这是移动平均线最大的弱点。

（3）稳定性。根据移动平均线的计算方法，要想改变其所追踪的趋势，短期价格的波动必须有很大的变化，因为移动平均线是股价一个时间段变动的平均值。这个特点也决定了移动平均线具有极强的稳定性。这种稳定性有优点，也有缺点，在应用时应多加注意，掌握好分寸。

（4）助涨助跌性。移动平均线是一段时期内股价变动的平均值，反映了一段时期内市场平均交易成本。当股价突破移动平均线时，无论是向上还是向下突破，股价都有继续向突破方向发展的愿望。

（5）支撑线和压力线的特性。由于移动平均线是一个计算周期的平均，它反映了计算周期内的平均成本，使得它在股价走势中起支撑线和压力线的作用。移动平均线被突破，实际上是支撑线和压力线被突破。从这个意义上就很容易理解后面将介绍的葛氏法则。

移动平均线的参数实际上就是调整移动平均线上述几方面特性。参数选择得越大，上述的特性就越大。比如，突破5日均线和突破10日均线的助涨助跌的力度完全不同，10 日均线比 5 日均线的力度大。

计算公式

$$MA（n）=\sum P/n$$

其中，MA＝算术平均值

P＝收盘价格

$\sum P$＝连续 n 个交易日的收盘价格之和

N＝时间参数，取值有 5、10、15、20、30、60、120 等等

运用法则

在实际运用中，移动平均线主要以下三种用法，分别用一条移动平均线，两条移动平均线，三条移动平均线。我们下面具体讲解如何使用。

1. 葛氏八大法则

关于一条移动平均线的运用法则，最有名的是葛兰威尔法则，通常简称"葛兰威尔八大法则"，我们下面以 13 日均线为例来说明，葛兰威尔八大法则的用法：

葛兰威尔八大法则之一

当移动平均线从下降开始趋于平缓，并且具有抬头迹象时，股价自下而上穿越移动平均线时，就是买进信号。

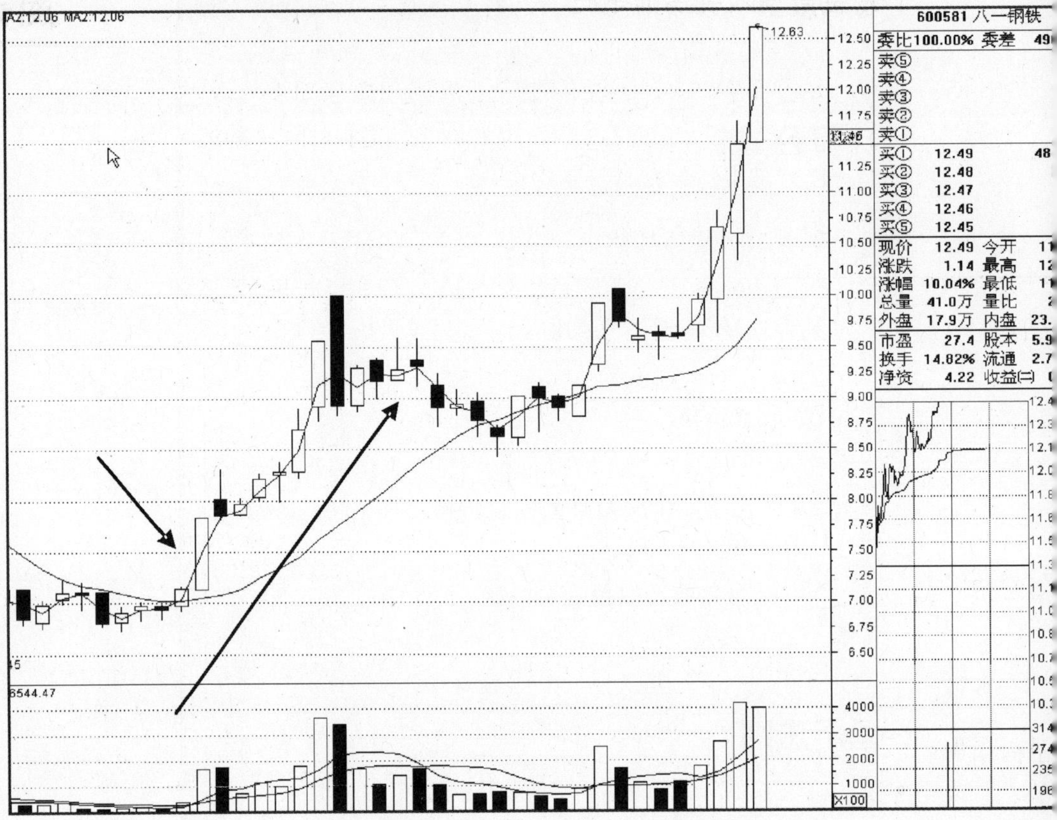

图 2-1

从 2007 年 "5·30" 行情之后，八一钢铁 13 日均线呈现下降趋势，进入 2007 年 7 月份，13 日均线开始走平，这是第一个买入法则的前提；7 月 20 日，股价向上突破 13 日均线，这便是买入信号，之后八一钢铁股价一路上升，形成一轮牛市行情。

葛兰威尔八大法则之二

在上升趋势中，当股价持续上涨而远离移动平均线，然后突然下跌，但没有跌穿移动平均线，是在移动平均线附近再度上涨时，这就是买进信号。

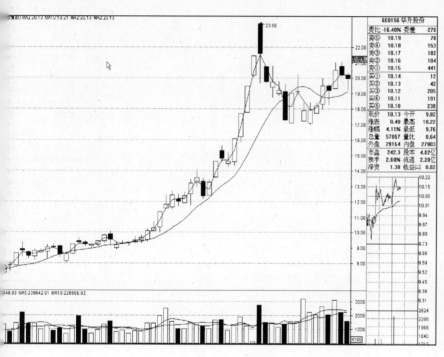

图 2-2

2007 年 4 月份，华升股份股价一路攀升，4 月 18 日冲高回落，股价正好触击均线后再度上扬，这时就是买入的良机，之后华升股份股价一路上攻。

第二章 形态的应用

葛兰威尔八大法则之三

上升趋势中，当股价已经跌穿移动平均线，但移动平均线仍然保持上升趋势，不久股价又向上突破 MA 时，这例是买进信号。

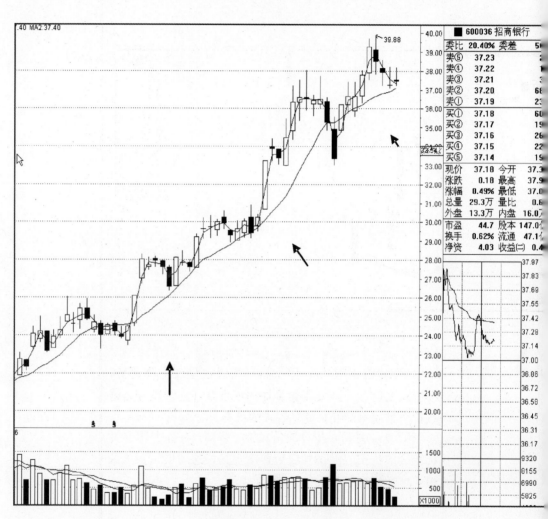

图 2-3

从上图我们可以看到，招商银行股价多次跌穿移动平均线，但移动平均线并没有改变上升趋势，因此，每一次跌穿移动平均线之后再度回归移动平均线之上时就是买入信号。

葛兰威尔八大法则之四

下跌趋势中，当股价连续暴跌，并持续远离移动平均线时，这便是买进信号，但这是逆市买进信号，投资者使用时要小心。

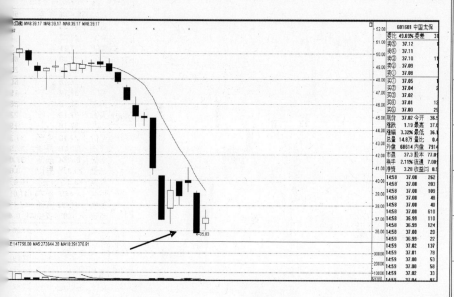

图2-4

中国太保上市之后一路下行，均线也呈现下降趋势，连续阴跌之后，中国太保股价加速成下跌，连续跌停，这时股价严重脱离均线，就是买入的机会。

葛兰威尔八大法则之五

当移动平均线从上升开始趋于平缓，股价从自上而下穿越移动平均线时，就是卖出信号。

图 2-5

在 2007 年"5·30"行情之前，上港集团均线开始走平，5 月 30 日股价向下击穿均线，这时就是卖出的信号。

经典技术分析

葛兰威尔八大法则之六

当股价持续下跌而远离移动平均线时，然后突然上涨，并没有向上突破移动平均线，是在移动平均线附近再度下跌时，就是卖出信号。

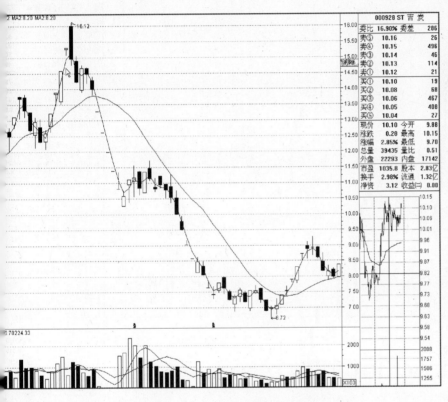

图2-6

ST吉炭在"5·30"行情之中连续暴跌，在2007年6月5日展开的反弹正好刚刚触击均线，并没有站到均线上方，股价再度下行，这时就是卖出的信号。

第二章　形态的应用

葛兰威尔八大法则之七

在下降趋势中，当股价已经突破移动平均线上方，但移动平均线仍然
保持下降趋势，不久股价又向下突破移动平均线时，就是卖出信号。

图 2—7

鲁西化工经过连续的暴跌之后，股价出现反弹，均线仍然持续下跌，
最后股价站到均线之上，但随后股价再度跌穿均线，这时就是卖出信号。

葛兰威尔八大法则之八

在上升趋中，当股价上穿移动平均线，并持续暴涨而远离移动平均线时，就是卖出信号。

600156 华升股份		
委比 -14.63%	委差	-254
卖⑤	10.17	197
卖④	10.16	118
卖③	10.15	408
卖②	10.14	118
卖①	10.13	154
买①	10.12	56
买②	10.11	188
买③	10.10	205
买④	10.09	26
买⑤	10.08	266
现价 10.12	今开	9.82
涨跌 0.39	最高	10.22
涨幅 4.01%	最低	9.76
总量 58300	量比	0.63
外盘 29587	内盘	28713
市盈 242.1	股本	4.02亿
换手 2.65%	流通	2.20亿
净资 1.38	收益(二)	0.02

图 2-8

从图中我们可以发现华升股份股价连续暴涨，并且远离了均线，这时就积累了大量的获利筹码，股价随时有可能下跌，是卖出信号。

1. 两条均线的用法

移动平均线可以一条单独使用，也可以多条结合起来使用，我们前面讲了一条移动平均线的使用方法，葛兰威

第二章 形态的应用

尔八大法则基本概括了一条移动平均线的最经典使用方法。一条移动平均线在使用时有其独到之处，有些时间短期均线好点，有些时间长期均线好点，有些时间则会呈现无规则波动，我们难以判断趋势，这时就有必要采用两条移动平均线。现在投资者都是采取最少两条均线，因为这样并不影响我们使用一条均线。根据经验总结，两条移动平均线主要有以下两种使用方法。

2. 金叉死叉法则

金叉和死叉是两条均线一起使用的最经典用法，这两个概念是根据不同时间参数的两条移动平均线之间相互关系来界定的。假定两条平均移动线 MA（m）和 MA（n），其中 m＜n，比如 m＝10，n＝30，则我们常称 MA（m）为快速移动平均线或快线，MA（n）为慢速移动平均线或慢线。如果 MA（m）和 MA（n）都是向上的，则将 MA（m）自下而上穿越 MA（n）的现象称为两线的"黄金交叉"或"金叉"。如果 MA（m）和 MA（n）都是向下的，则将 MA（m）自上而下穿越 MA（n）的现象称为两线的"死亡交叉"或"死叉"。

时间参数越大的两条 MA 出现黄金交叉时，股价发生上涨的可能性及上涨幅度将会越大；时间参数越大的两条 MA 出现死亡交叉时，股价发生下跌的可能性及下跌幅度也将越大。

3. 中性区使用方法

当股价收于两条移动平均线之间，是种正常的顺势波动，我们可以不给予理睬，当股价向上同时穿越两条移动平均线，才构成买入信号；同样，只有股价同时向下穿越二条移动平均线时，才构成卖出信号。

关于两条均线采用数值问题，我认为最好以相隔一个的菲波纳奇数列数值，例如，可以用 8 天和 21 天，中间隔个 13 天；也可以采用 13 天和 34 天，中间隔个 21 天。

4. 金叉使用方法

黄金交叉是两条均线的最大用途，出现黄金交叉即为买进信号，代表调整行情已结束，新一轮上攻行情将展开。当出现黄金交叉时，股价经常会发生回档现象，此为买进绝佳时机。时间参数越大的两条 MA 出现黄金交叉时，股价发生上涨的可能性及上涨幅度将会越大。使用黄金交叉时有一点值得投资者注意，那就两条均线都是呈现上升趋势。

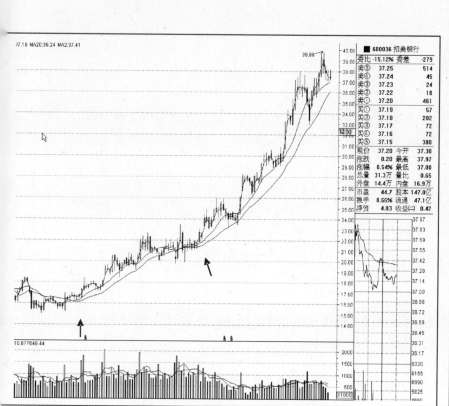

图 2—9

从招商银行的走势图我们可看出每一次黄金交叉点都是一次绝佳的买进良机，都是一轮行情的起点。在实际应用中，我们最好配合成交量一起使用，如果在股价穿越两条均线之后，成交量持续放大，这时候出现黄金交叉，新一轮上攻的力度将更大。

5. 死叉的使用方法

出现死亡交叉即为卖出信号，代表上涨行情已结束，股价将进入调整。当出现死亡交叉时，股价经常会发生反弹现象，此为卖出时机。

第一章 形态的应用

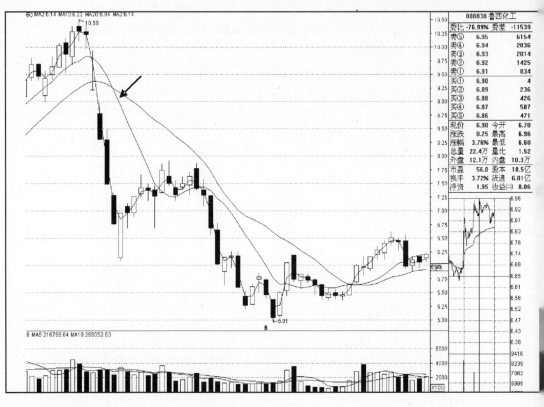

图 2-10

从上图我们可以看到，鲁西化工出现死亡交叉之后，股价是一路暴跌，引发一轮下跌趋势。死叉的杀伤力非常大，一旦股价出现类似的情况，我们应采取果断的措施离场观望。时间参数越大的两条 MA 出现死亡交叉时，股价发生下跌的可能性及下跌幅度也将越大。

6. 三条移动平均线的使用方法

一条移动平均线我们采用葛兰威尔八大法则，两条移动平均线我们使用金叉和死叉，三条移动平均线我们又该如何使用呢？经验告诉我们，三条移动平均线形成多头排列和空头排列是我们确认趋势的最好方法。

在实际应用中，常将长期 MA（233 天）、中期 MA（55 天）、短期（13 天）结合起来使用，分析它们的相互关系，判断市场趋势。

7. 空头排列使用方法

　　在空头市场中，经过长时间的下跌，股价与 13 日均线、55 日均线、233 日均线的排列关系为从下到上依次为股价、13 日均线、55 日均线和 233 日均线。三线依次排开就是我们说的空头排列，显示空方力量非常强大，这时不易操作。

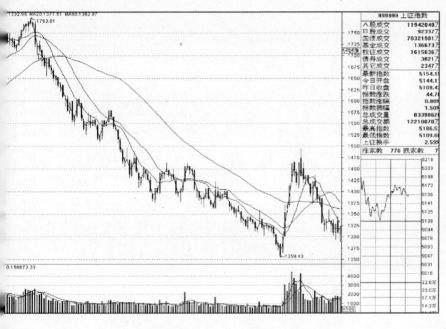

图 2－11

　　2004 年 4 月份，上证综指出现空头排列，这时就代表新一轮下跌在进行中，这期间所有的操作都不合适，以休息为宜。

8. 多头排列使用方法

　　若股市出现转机，股价开始回升，反应最敏感的是 13 日均线，最先跟着股价从下跌转为上升；随着股价继续攀升，55 日均线才开始转为向上方移动。至于 233 日均线的方向改变，则意味股市的基本趋势的转变，多头市场的来临。三线呈现多头排列，这时代表市场进入牛市，可以大

第二章　形态的应用

胆地买进股票并持有。

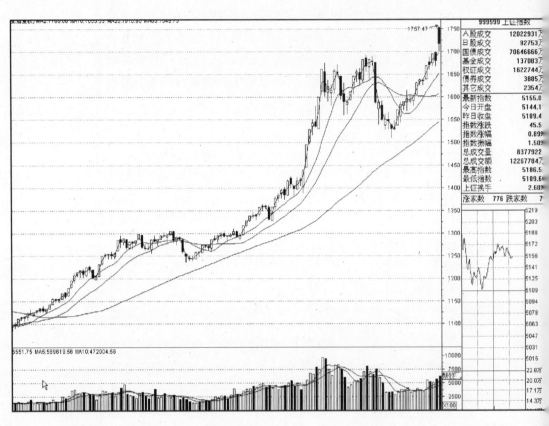

图 2—12

2006 年初，中国股市进入牛市，从均线上看，我们可以看到，13 日，均线在上，其下是 55 日线，最下面是 233 日线，三线呈现明显的多头排死，显示做方量非常强大，这样的市场是最容易赚钱的市场，我们应果断买进股票并长线持有。

9. 使用三条均线注意事项

（1）当股价进入盘整期后，短期平均线、中期平均线很容易与股价缠绕在一起，不能正确地指明运动方向。有时短期均线在中期均线之上或之下，此种情形表示整个股市缺乏弹性，静待多方或空方打破僵局，使行情再度上升或下跌。

（2）另一种不协调的现象是中期均线向上移动，股价和短期平均线向下移动，这表明股市上升趋势并未改变，暂时出现回挡调整现象。只有当股价和短期均线相继跌破中期均线，并且中期均线亦有向下反转之迹象，则表示上升趋势改变。或是中期平均线仍向下移动，股价与短期平均线却向上移动，表明下跌趋势并未改变，中间出现一段反弹情况而已。只有当股价和短期均线都回到均线之上，并且中期均线亦有向上反转，则证明趋势改变。

（3）没有那种移动平均线适用于所有的市场，每个市场都有适用于自已的移动平均线，对于不同的市场我们要总结出不同的移动平均线。

（4）简单移动平均值胜过任何复杂的方法。也就是说线性移动平均线和加权移动平均线虽然计算非常复杂，但使用的效果却不突出。

移动平均线是实际中常用的一类技术指标，它的分析方法和思路对后面的指标有重要的影响。但该指标也存在一些盲点，特别是在盘整阶段或趋势形成后中途休整阶段，移动平均线极容易互相纠缠。频繁的发出信号，当然这些信号极不可靠，这是使用移动平均线时最应该注意的。

（二）指数平均数（EXPMA）

1. 基本函数

滞后性是移动平均线的缺点之一，移动平均线所产生的买卖信号往往落后于行情一段时间，对买卖时机的把握有着一定的影响，为了解决这一问题，一些技术分析派人士提出用指数平均数来取代移动平均线，于是 EXPMA 流行起来。指数平均数（Exponentially Moving Average, EXPMA）是通过当天收盘价与昨天指数平均数之间的相对关系来判断股价运动趋势的一种技术分析指标，其目的在于降低移动平均线（MA）的滞后性对行情研判的影响程度。

2. 计算公式

EXPMA1＝（P—昨日 AI）＊2/（N1＋1）＋昨日 AI

EXPMA2＝（P—昨日 AI）＊2/（N2＋1）＋昨日 AI

其中，

EXPMA1＝今日第一条（12 日）指数平均数线

EXPMA2＝今日第二条（50 日）指数平均数线

N＝时间参数，一般地，N1 取 12 日，N2 取 50 日

P＝今日收盘价

AI＝指数平均数

从上面的公式我们可以看出，如果行情下跌，指数平均数线比移动平均线提前向下，同样，上升行情之中，指数平均线则比移动平均线提前向上，这就解决了移动平均线滞后的问题。

3. 使用方法

指数平均数线用法上可以采用移动平均线的两种用法，第一，把两条线应用于葛兰威尔八大法则，第二，应用金叉和死叉。

第一，当 EXPMA1 自下而上突破 EXPMA2 时，为买进信号；如果股价有机会回档，在股价短暂攀升尔后回档至 EXPMA1 附近时乃最佳买进点。

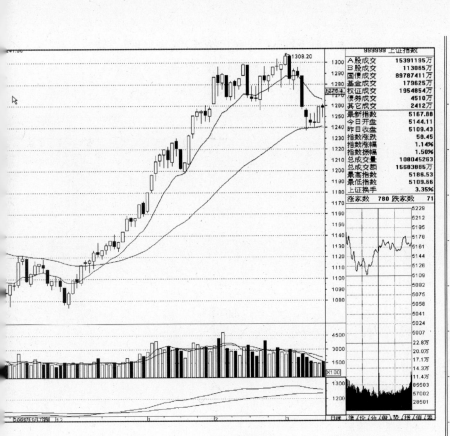

图 2 — 13

上图是 2005 年底上证指数指数平均数线示意图，我们可以看到，首先是 EXPMA2 出现走平迹象，其后 EXP-MA1 拐头向上，并于 12 月份向上穿越 EXPMA2，这时就是买点出现，如果这时买进，一轮上攻行情就被完全捕捉到。

第二章　形态的应用

第二，当 EXPMA1 自上而下跌破 EXPMA2 时，为卖出信号；进一步地，有股价短暂下跌尔后反弹至 EXPMA2 附近时乃最佳卖出点。

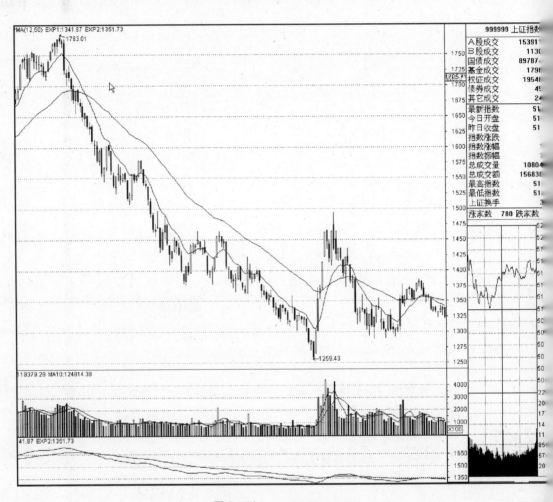

图 2－14

2004 年 4 月份，上证指数反弹结束，出现一轮下跌，首先是 EXP-MA2 转平向下拐头，然后 EXPMA1 向下穿越 EXPMA2，这时两线之间就构成明显的死叉，之后上证指数出现一轮连续半年的下跌趋势，出现死叉的案例并不多见，基本比较准确。

第三，当股价自下而上触及 EXPMA 时，经常会出现强大的抛盘压力；当股价自上而下触及 EXPMA 时，则常会出现强大的买盘支撑。特别是 EXPMA2 的压力和支撑更为强烈。

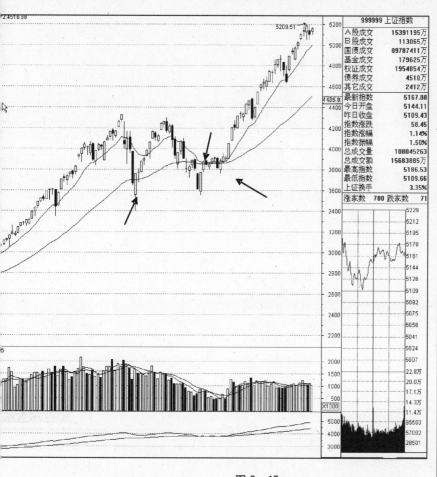

图 2-15

上图是上证指数"5·30"行情前后的走势，我们可以看到，第一轮下跌大就短期穿越 EXPMA2 后马上产生了一轮急速反弹行情，之后跌穿之后又在 EXPMA2 遇阻下跌。

第二章 形态的应用

（三）抛物线指标（SAR）

1. 抛物线指标的原理

在前面的讲过的移动平均线和指数平均数线都是利用股价的变化来判断买点和卖点，并没有给出具体的时间，下面要探讨的抛物线指标则克服上述指标的不足。抛物线指标（Stop And Reverse，SAR），是一种以移动平均线为基础、将价格与时间结合起来研判未来行情的技术分析方法。它代表买进和卖出的明确转向点，是良好的短线操作工作。在实际股价图形中，SAR 结合收盘价运用，分成红绿两种圆圈，简单明了。其中，红色圆圈表示股份正在向上升方向运动，SAR 位于收盘价位的下方；绿色圆圈表示股价正在向下降方向运动，SAR 位于收盘价线的上方。SAR 指标的技术意义在于提供股价（特指收盘价）向上或向下穿越 SAR 圆圈时所提供的买卖信号。此外，从其计算公式可知，SAR 是一种先行指标，在当天交易结束时即显示出次日的 SAR 圆圈，从而可以作出次日的买卖决策。

2. 计算公式

今日 SAR＝昨日 SAR＋AF×｜昨日 Pe－昨日 SAR｜

其中，

SAR＝停损点抛物线指标，其计算参数一般设定为 4 日

若行情看涨，则首日 SAR 取当日最低价格

若行情看跌，则首日 SAR 取当日最高价格

Pe＝最高价格或最低价格，

若行情看涨，Pe 均取最高价格

若行情看跌，Pe 均取最低价格

｜昨日 Pe－昨日 SAR｜＝昨日 Pe 与昨日 SAR 之差的绝对值

AF＝调整系数，第二日调整系数为 0.02

若行情看涨，股价每创新高一次，AF 在昨日基础上递加 0.02

若行情看跌，股价每创新低一次，AF 在昨日基础上递加 0.02

否则，AF 都与昨日相同，但 AF 不得超过 0.2

3. 适用范围

前面讲解的移动平均线是用来判断趋势运行方向，是一种中长线指标，它们很少出现买卖信号，主要适用中长线投资者，如果是短线投资者应用上述指标则会显得太过去滞后，这里所讲的抛物线指标不同，它经常发出买卖信号，是一种适用短线操作技术指标。

4. 抛物线指标特点

信号明确是抛物线指标的最大特点，不管你持有的是什么股票，只要看了抛物线指标，它都给你明确的买卖指示。但是它的特点同时也是它的缺点，过去频繁的买卖信号肯定会带来失误率的提升，因此，我们在使用这些指标时不能半信半疑，要严格按照指标给出的信号操作。

5. 使用方法

如果收盘价位于 SAR 之上方，则为多头市场，可以买进做多，尤其是在收盘价节节走高时。

如果收盘价位于 SAR 之下方，则为空头市场，应当持观望态度，不宜介入。

当股价自下而上突破 SAR 时，此为买进信号。

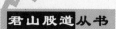

当股价自上而下跌破 SAR 时，此为卖出信号。

由于抛物线指标给出的信号非常明确，我们可以单独使用，但由于信号过去频繁，最好是有选择的使用，作为参考指标好点。

（1）使用方法之一：SAR 首先可以确认趋势运行方向，如果收盘价位于 SAR 之上方，代表多方控制着整个盘面，是上升趋势，我们可以逢低买进，特别是在收盘价步步走高，代表上升趋势非常强劲，有股票更要坚决持有。

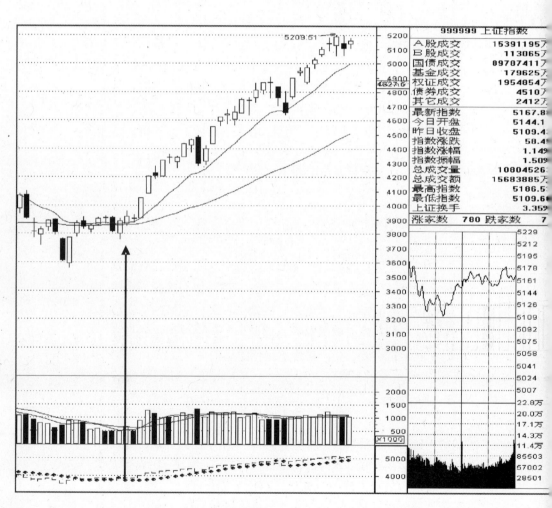

图 2—16

从上图我们可以看到，2007 年 7 月 18 日股价穿越 SAR，之后收盘价逐步走高，代表上升趋势形成，这段时间就是我们选股买进的阶段，当然有股票的更要坚决持有。

（2）使用方法之二：SAR 对趋势的确认同样适用于空头市场中，如果收盘价位于 SAR 之下方，代表空方撑握着整个盘面，是下降趋势，这个区间是我们减仓或者持币观望，不宜介入。

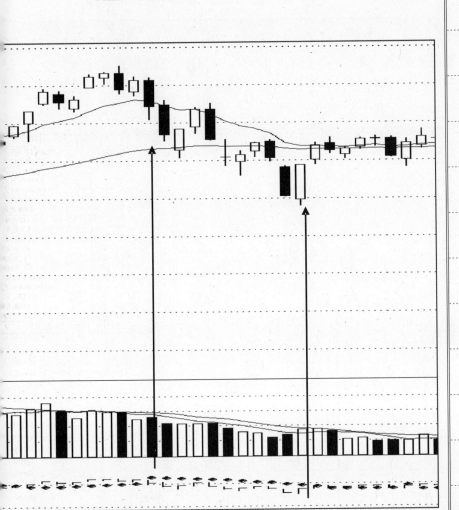

图 2—17

2007 年 6 月 22 日上证指数大盘跌穿 SAR，代表空方取得多方取得市场的主动权，短期下降趋成立，之后收盘价节节走低，这个期间就不适合买进股票。

（3）使用方法之三：SAR 和股价结合起适用，可以采用类似金叉和死叉的用法，当股价自下而上突破 SAR 时，代表趋势发生了逆转，买进信号出现，它同很多指标的黄金交叉的用法相似。

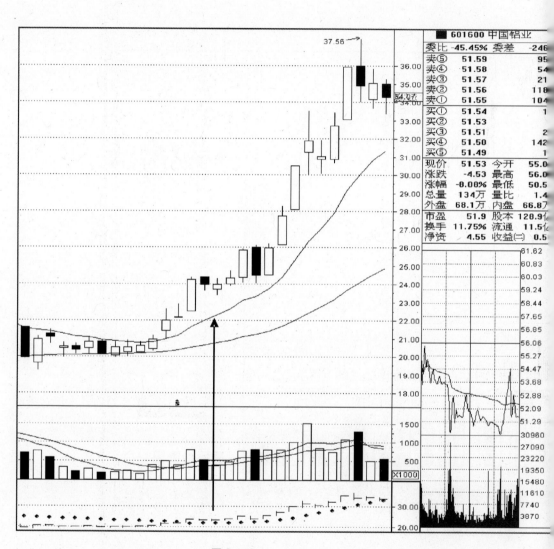

图 2-18

2007 年 7 月 25 日中国铝业股价向上穿越 SAR，代表买进良机出现，之后中国铝业一路上攻，从买点出现 20 多元，一个多月时间涨到近 60 元，涨幅接近 200％。

（4）使用方法之四：和前面讲的买进信号一样，当股价自上而下跌破 SAR 时，此为卖出信号，它同一些指标的死叉使用方法雷同。

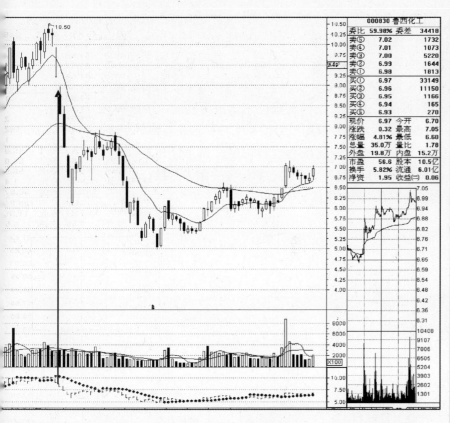

图 2－19

2007 年 5 月 30 日，鲁西化工的股价跌穿了 SAR，代表短期下降趋势形成，是卖出的良机，之后鲁西化工股价一路下跌，跌幅超过 50％。

第二章　形态的应用

(四) 麦克指标 (MIKE)

1. 基本原理

麦克指标 (MIKE) 是一种压力支撑指标。它随着股价波动幅度大小而变化，能够在股价上涨过程中提供参考上升空间或者在股价下跌过程中提供参考下降深度。实际上，麦克指标为我们研判股价波动范围提供了压力位和支撑位的可能位置。在实际股价图表中，麦克指标以表格的形式显示出来，包括从小到大的三组压力位和支撑位（依次为初级、中级和强力），如果股价处于盘整阶段，则对应的压力位和支撑位会相互缩短距离；如果股价发生上涨或下跌，则对应的压力位和支撑位相互拉开差距。此外，我们常常在最小的一组压力位和支撑位之间设定一条中界线，作为在研判中寻求支撑位还是压力位的参考线。

2. 计算公式

$$WR = TPY + (TPY - N1 \times L)$$

$$MR = TPY + N1 \times (H - L)$$

$$SR = N2 \times H - N1 \times L$$

$$WS = TPY - (N1 \times H - TPY)$$

$$MS = TPY - N1 \times (H - L)$$

$$SS = N2 \times L - N1 \times H$$

其中，

WR = 初级压力

MR = 中级压力

SR = 强力压力

WS＝初级支撑

MS ＝中级支撑

SS 强力支撑

TPY＝真实值

TPY＝（H＋L＋P）/3

H＝最高价格

L＝最低价格

P＝收盘价格

N1＝时间参数，一般取值为 12

N2＝时间参数，一般取值为 24

3. 使用方法

麦克指标是一种辅助工具，是参考性指标，它不提供明确的买卖信号，一般情况下，股价处于中界线上方时，在行情研判中参考压力位；而股价处于中界下方时，在行情研判中参考支撑位。当股价波动摆脱盘整势道而进入上涨行情中时，三个依次增大的压力位是研判压力的参考价格。当股份波动摆脱盘整势道而步入下跌行情中时，三个依次增大的支撑位是研判支撑的参考价格。

（1）使用方法之一：麦克指标的上边三条线代表股价压力位，越向上加力越大，一般情况下，盘整行情用最里面一条，小幅度上攻用第二条，大幅上攻行情则用最外面一条，当股价在上涨过程中首次触及初级压力时，一般在短线上股价将会出现回档现象，此时可视为卖出现象。

第二章　形态的应用

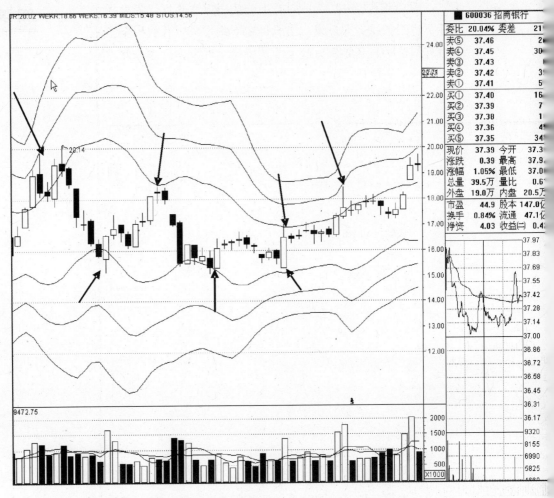

图 2-20

从上图我们可以看到，招商银行的股价每一次触击压力线时就是短线卖出的机会。

（2）使用方法之二：同卖出的使用方法相反，麦克指标下边三条线是支撑线，当股价在下跌过程中首次探至初级支撑位时，一般在短线上股价将会出现反弹现象，此时可视为买进信号。

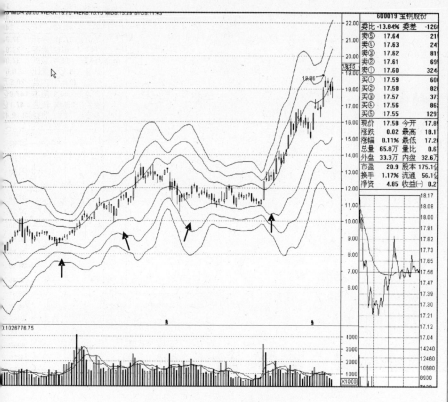

图 2-21

从上图我们可以看出，宝钢股价每一次触击到第一条支撑线都会被拉起，显示了强大的支撑作用。

（五）布林线指标（BOLL）

1. 基本原理

布林线（Bollinger Bands，BOLL）美国人布林（John Bollinger）首先提出的。它将股价波动的范围以三条曲线来划分为四个区域，其中这三条曲线分别称为上轨线（即压力线）、中轨线（即股价平均线）和下轨线（即支撑线）。在实际股价图形中，股价正是在这三条曲线之间进行上穿、下破、缠绕运行的，从而使布林线为我们准确研判股价的波动提供了有力的保障。

2. 计算公式

中轨值 $MA = \sum C_i / n$

上轨值 $UP = MA + D \times M1$

下轨值 $DM = MA - D \times M2$

其中，

C_i＝收盘价

$\sum C_i$＝连续 n 个交易日的收盘价之和

D＝由 C_i 与 MA 建立的样本方差

n＝时间参数，一般取值为 5、10、20 等，这里取 20

$M1$＝上倍数，一般取 2 或者 3

$M2$＝下倍数，一般取 2 或者 3

112

3. 运用方法

（1）使用方法之一：当股价自下而上突破上轨线时，短线将出现回档现象，为卖出信号。中轨是代表市场平均成本，上轨代表压力线，如果股价突破上轨代表市场超买，存在大量的获利盘，这些获利盘的打压将导致股价下跌。

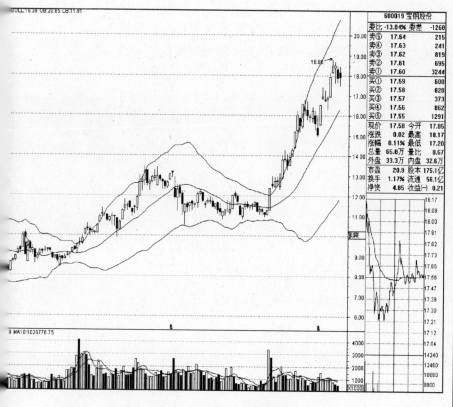

图 2—22

　　上图为宝钢股价 2007 年股价走势图，我们从中可以看到，宝钢股价多次穿越通道上轨都被打压下来，因此，每一次股价向上穿越通道上轨的时间就是卖出的机会。

（2）使用方法之二：当股价自上而下跌破下轨线时，短线将出现反弹现象，为买进信号。由于股价连续的下跌，抛盘已被消化完毕，远离平均成本的下跌必将吸引大量的抄底盘入场，反弹多在这个时机出现。

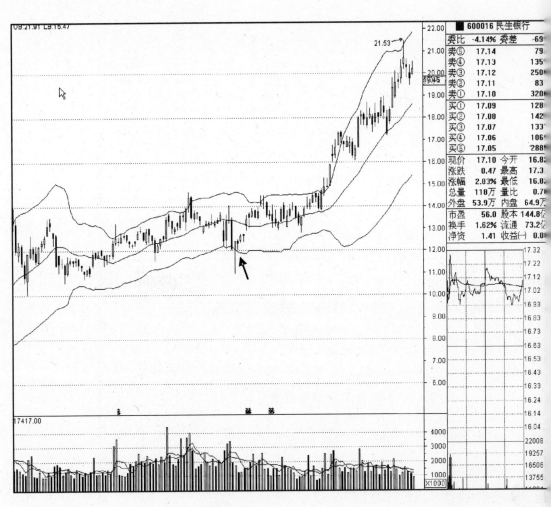

图 2-23

2007 年 6 月 5 日，民生银行股价跌穿通道下轨，代表短期内超卖，大量的抄底盘将股价重新拉起。布林通道象一条具有吸引力的通道，总会将一不小心跑出通道的股价吸引回通道内。

（3）使用方法之三：当股价在上轨线与中轨线之间向上运行时，一般预示将出现一波上涨行情，可以积极参与。当股价在中轨线与下轨线之间向下运行时，一般预示将会有一波下跌行情，应当果断出局。

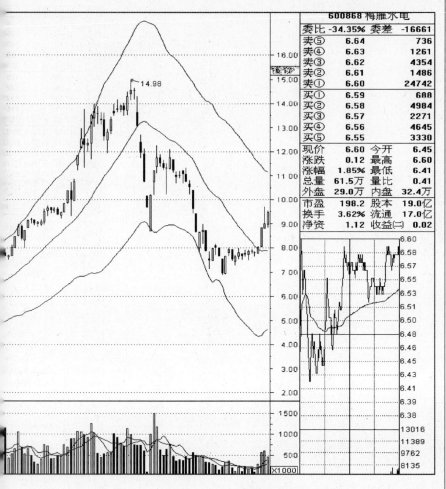

图2-24

梅雁股份在"5·30"行情之前一直运行通道中轨以上，这代表行情处于上升趋势之中，可以安心持股，但是到"5·30"之后，股价进入通道中轨以下，代表空方控制了盘面，这时就应果断离场。

第二章　形态的应用

　　（4）使用方法之四：当股价在中轨线附近徘徊而方向不明时，通常意味着正在盘整势道之中，应持观望态度。当上下轨线经过长时期的收缩之后突然开始扩张（至少三个交易日的确认），一般意味着一波强劲的上涨行情即将到来，此时可以视为明显的买进信号。

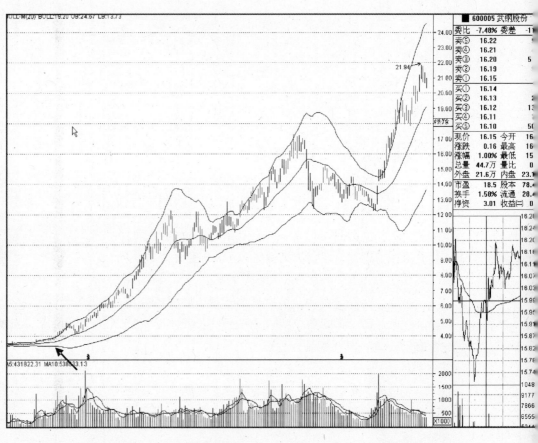
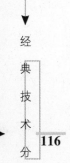

图 2-25

　　2006 年 10 月份，几个月来一直收缩的布林通道突然扩张，之后武钢股价展开了一轮强势上攻行情，证明布林通道突然扩张是个非常有效的买进信号。

（六）宝塔线

1. 宝塔线原理

宝塔图是以白黑（虚体、实体）的棒线来划分股价涨跌以研判涨跌趋势。配合 K 线、移动平均线更容易研判未来走势。

2. 宝塔线的绘法

画法与 K 线略同，即股价上涨时，以白色实体画之；股价下跌时，以黑色实体表现。

作图时以某一天的收盘价开始，次天的收盘价若涨跌幅度达到一特定价位时，即以白色或黑色实体画出。如果次天为涨升的白线，再下一天仍上涨时，只要在昨日的白线上再往上延伸，不需另画次行表示，下跌的黑线也同。

若原先为涨升白线，但次日为下跌，则需将次日的跌幅画在次一行，但若股价尚未跌破白线的低点时，仍以白色表示，而不画黑线。

若原先为下跌黑线，但次日上涨，则需将本日的涨幅画在次一行，但若股价尚未涨过黑线的高点，仍以黑色表示。

3. 宝塔线研判技巧

（1）宝塔线由黑翻白时为买进时机，股价将延续一段上升行情。

（2）宝塔线由白翻黑则为卖出时机，股价将会延续一段下跌行情。

（3）盘整时宝塔线的小翻白、小翻黑可不予理会。

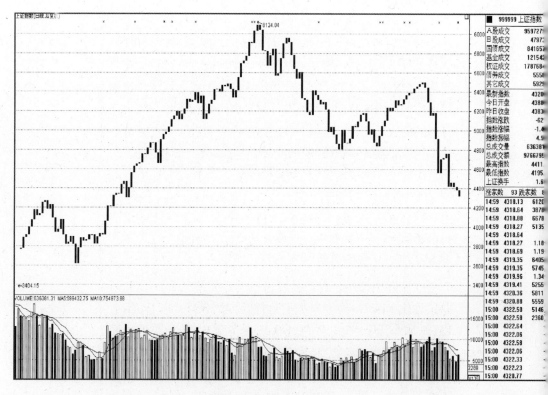

（4）盘整时或高档时宝塔线长黑而下，宜立即获利了结。翻黑下跌一段时间后突然翻白，可能是假突破，不宜抢进，最好配合 K 线及成交量观察数天后再做决定。

宝塔图比同样性质的 OX 图、新价线、转折图更具有敏感的买卖信号，但相对而言骗钱也较多，须仔细判断。

4. 宝塔线的使用方法

宝塔线的使用方法其实非常简单，由白翻黑卖出，由黑翻白买进，但是由于信号过去频繁，还是要参考其它指标为好。

图 2－26

如图所示：上图为上证指数在 6000 点左右的走势，我们从上面的宝塔线可以看出来，这个指标所提供的买卖信号非常频繁，是一个短线指标，特别盘整行情之中的黑转白或者白转黑并不可靠。

第二节 摆动指标

(一)平滑异同移动平均线(MACD)

1. 基本原理

MACD指标是所有指标中最受投资者欢迎的指标之一,它以高准确率赢得了投资者对其的偏爱,其本上所有利用技术指标的投资者都或多或少的在利用这种准确性非常高的指标。平滑异同移动平均线(Moving Aerage Convergence and Divergence,MACD),是由美国人阿佩尔(Gerali Appel)和海茨切尔(Hitschler)两人共同提出的。它是一种中长线技术指标,基于移动平均线 MA 理论而建立起来,根据快速移动平均线收敛于慢速平均线,或者快速移动平均线从慢速移动平均线向外发散的两线相互验证和相互背离的原理,来计算这两条线之间的离差状况,再计算离差的平均值。在这里,快线和慢线的时间参数一般分别取 12、26,而离差平均值的时间参数一般取 9。由于 MACD 既吸收了 MA 的精髓,又利用快慢两线来计算其离差状况,还包含有趋势的概念,因此它在股市上倍受重用,不但被广大中小投资者所喜欢,同时也是机构投资者的一大利器。

在实际图形中,有两类线:一类是离差值 DIF 线和离差平均值 MACD 线;另一类是柱状线(BAR 线,BAR=DIF-MACD),包括红色柱状线(表示 BAR 为正值)和绿色柱状线(表示 BAR 为负值)。这两类线的正负值都以 0 轴线为界。其中,柱状线代表 DIF 和 MACD 之间的离差程度,反映一种上升或下降的力道,当 BAR>0 时表示 DIF 线位于 MACD 线之上方,当 BAR<0 时则表示 DIF 线位于 MACD 线的下方。

2. 计算公式:

今日 MACD=昨日 MACD+0.2(今日 DIF—昨日

MACD）

其中，MACD＝∑DIF（9）/9

∑DIF（9）/9＝连续 9 个交易日的 DIF 之和

DIF＝EMA（12）—EMA（26）

DIF＝正负数，或者离差

EMA＝平滑移动平均线

EMA（12）＝快速平滑移动平均线

EMA（26）＝慢速平滑移动平均线

今日 EMA（12）＝2/13XP＋11/13X 昨日 MA（12）

今日 EMA（26）＝2/27XP＋25/27X 昨日 MA（26）

3. 运用原则

（1）由于 MACD 是种中长线指标，所以它最大的用途还是发现趋势方向，确认市场在运行上升趋势和下降趋。判断趋势方向我们可以通过 DIF 和 MACD 的运行区来来判断。如果 DIF 和 MACD 都是负值或说在 0 轴线之下，则行情多为空头市场。其中，当 DIF 向上突破 MACD 时，仅能视为反弹，可以暂时补空逐利；当 DIF 向下跌破 MACD 时，是卖出信号。

（2）捕捉买卖点。我们可以利用指标的金叉和死叉来选择买卖点，因为 MACD 指标给出的信号并不多，所以其所发出的买卖信号可信度极高，另外，我们还可以根据 MACD 的背离原来制定买卖策略，虽然背离原则并不能给出具体的买卖点，但这个信号一旦出现，则代表行情将发生转折，往往代表着趋势的改变。

4. 使用方法

（1）使用方法之一：如果 DIF 和 MACD 都为正值，也就说两者都在 0 轴线之上运行，则说明行情多为多头市场。其中，当 DIF 向上突破 MACD 时，是买进信号；当 DIF 向下跌破 MACD 时，仅能视为回档，可以暂时卖出获利。

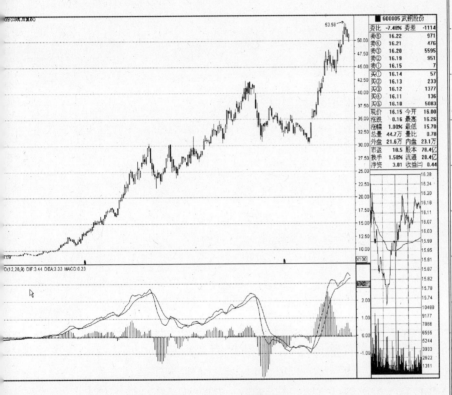

图 2—27

上图为武钢股份股价运行图，我们可以看到，在武钢股份的上涨过程中，MACD 基本在 0 轴以上运行，它显示了上升趋势很健康，中间多次出现 DIF 向上突破 MACD 现象，每一次穿越都是买进的良机。我们同时可以看到当 DIF 向下跌破 MACD 时，股价并没有出现大幅度的下跌。

第二章　形态的应用

（2）使用方法之二：如果 DIF 和 MACD 都是负值或说在 0 轴线之下，则行情多为空头市场。其中，当 DIF 向上突破 MACD 时，仅能视为反弹，不可重仓介入；当 DIF 向下跌破 MACD 时，是卖出信号。

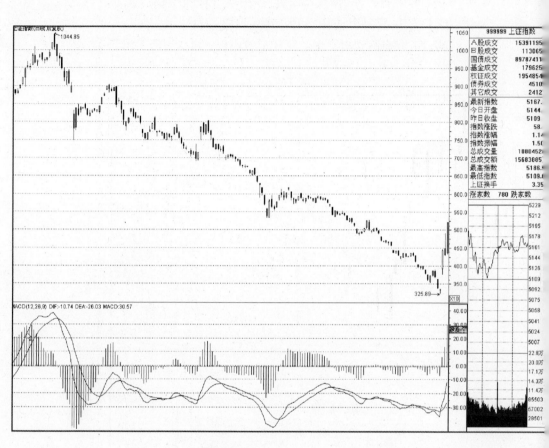

图 2-28

上图为 1994 年股市下降趋势的 MACD 示意图，我们可以看到在整个下降趋势之中，DIF 和 MACD 都是负值，一直运行在 0 轴之下，显示明显的空头市场，中间虽然多次出现 DIF 向上突破 MACD，都是反弹行情，而当 DIF 向下跌破 MACD 时则是代表新一轮下跌的开始。

（3）使用方法之三：如果股价连续两次或三次创出新低，但 DIF 并不配合创新低时，行情可能由此企稳而筑底，此时形成状况就是所谓的底背离，是股市见底的信号，可以逢低买进；如果股价连续两次或三次创出新高，但 DIF 并不配合创新高时，行情可能反转，这就是顶背离，可以逢高卖出。

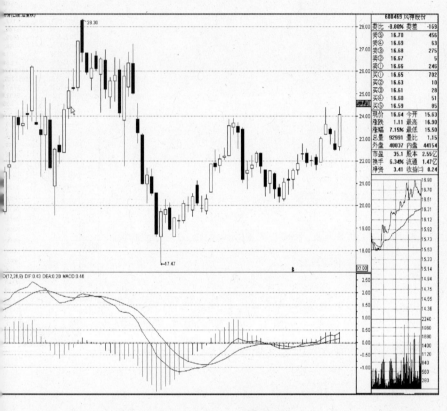

图 2－29

上图为风神股份 MACD 示意图，从上图我们可以明显看到顶背离之后，公司股价连续大幅下挫。顶背离和底背离是 MACD 最有价值的用法。

第一章　形态的应用

（4）使用方法之四：当在 0 轴线之上 DIF 连续两次向下跌破 MACD 时，意味着行情可能会出现大跌，应当注意及早卖出；当在 0 轴线之下 DIF 连续两次向上突破 MACD 时，则意味着行情可能会出现大涨，可以伺机买进。

图 2-30

2007 年 9～10 月份，济南钢铁出现在 0 轴线之上 DIF 连续两次向下跌破 MACD，这预示着上升趋势可能会出问题，一轮下跌行情可能随时出现，事实上正如我们所料，济南钢铁股价出现连续大跌。一个多月的时间下跌幅度高达 40%。

（5）使用方法之五：我们可以利用柱状线的长短来判断行情强弱，当红色柱状线越来越长时，表示买盘越来越大，股价上攻力道越来越强，反之则越来越弱；当绿色柱状线越来越长时，则表示卖盘越来越大，股价下探力道越来越强，反之则越来越弱。

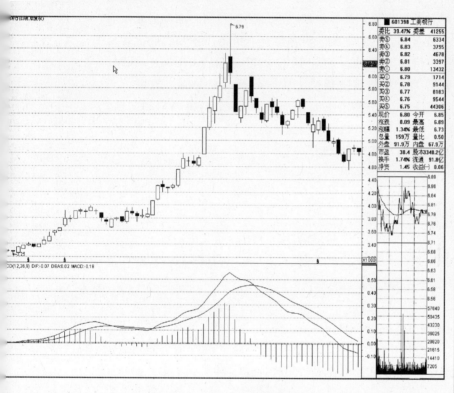

图 2-31

工商银行于 2006 年底展开一轮上攻走势，我们可以看到对应的红色柱状线越来越长，代表多头士气旺盛，这时上升趋势往往会加快，是赚钱的最佳时机。

（二）动向指标

1. 基本原理

动向指标（Direction Movement Index，DMI）是由美国技术分析大师威尔士·维尔德首先提出来的，又称为趋势指标或方向移动指标。动向指标是根据每个交易日的最高价、最低价和收盘价三者之间的波动关系，通过分析股价创新高或者创新低的动能来研判多空双方的力量对比状况，从而判断多空较量的暂时均衡点。它包括四个指标值：＋DM、—DM、ADX、ADXR，用以综合判断多空较量之暂时均衡点的形成。这时，＋DM 表示上涨动向值，—DM 表示下跌动向值，ADX 表示平均动向值，ADXR 表示平均动向值评估值。动向指标的功能在于，通过指标交叉时发出的买卖信号来研判行情是否开始启动。

2. 计算公式：

今日 ADXR＝（今日 ADX＋7 日前 ADX）/2

今日 ADX＝（今日 DX＋昨日 ADX6）/14

DX＝100×DI 差/DI 和

DI 和＝＋DI（7）＋（—DI（7））

DI 差＝＋DI（7）—（—DI（7））

＋DI（7）＝100 祝＋DM（7）/TR（7）〗

—DI（7）＝100 祝—DM（7）/TR（7）〗

其中，

ADXR＝平均动向值评估值，一般从第 14 天开始计算

ADX＝平均动向值，一般从第 8 天开始计算

＋DI＝上涨动向值，一般以连续交易日数 7 为参数

—DI＝下涨动向值，一般以连续交易日数 7 为参数

＋DM（7）＝连续 7 个交易日的＋DM 值之和

—DM（7）＝连续 7 个交易日的—DM 值之和

TR（7）＝连续 7 个交易日的 RT 值之和

＋DM＝P1—P1′

—DM＝P2—P2′

TR＝max（｜P1—P2｜，｜P1—P0｜｜｜P2—P0｜）

其中，

＋DM＝上涨动向变动值，并且当＋DM 小于 0 时，则
＋DM＝0

—DM＝下涨动向变动值，并且当—DM 小于 0 时，则
—DM＝0

ＴＲ＝真实的价格波动值

max＝若干个数字中最大的一个

P0＝昨日收盘价

P1＝今日最高价

P2＝今日最低价

P1′＝今日最高价

P2′＝昨日最低价

｜X—Y｜＝X 与 Y 之差的绝对值

3. 使用方法

动向指标的用法主要是利用＋DM、—DM、ADX、ADXR 四个数值的变化来判断趋的强弱，买卖点的形成。

（1）使用方法之一：＋DM 上涨动向值越大，表示买盘积极，多方占据上风，上涨势头强烈；—DM 下跌动向值越大，表示卖盘沉重，空方占据上风，下跌趋势明显。如果＋DM 向上发展，—DM 向下发展，代表多头行情持续运行，可持有股票。

图 2-32

从上图我们可以看出，在上证指数从 3500 点上攻 6000 点的过程中，＋DM 上涨动向值越大，表示买盘积极，多方占据上风。在 6000 点开始的下跌过程中，—DM 下跌动向值越大，表示卖盘沉重，空方占据上风，市场处于下降趋势。

（2）使用方法之二：当＋DM 自下而上突破—DM 时，为买进信号。进一步地，此时若 ADX 也向上攀升的话，则上涨势头将比较强劲。

当＋DM 自上而下跌破—DM 时，为卖出信号。进一步地，此时若 ADX 也向下续探的话，则下跌势头将比较凶悍。

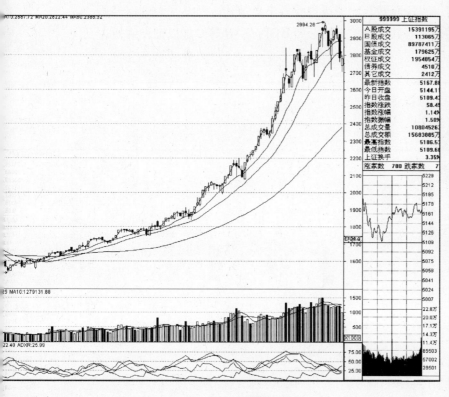

图 2-33

2006 年 9 月份＋DM 自下而上突破—DM 时，这时就是明确的买进信号。随着上升趋势的发展，ADX 也出现了向上攀升，这证明上涨势头比较强劲。

（3）使用方法之三：当 ADX 值从持续上升（或下降）方向转为下降（或上升）方向时，表明行情将改变原有趋势而发生反转。

第二章 形态的应用

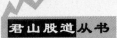
当 ADX 处于低位（如 20 左右）时，表明＋DM 和—DM 比较靠近，多空双方的较量难分难解，此时股价处于"牛皮"整理阶段，不宜介入。尤其是在 ADX 下探至＋DM 和—DM 之下方时，更是不宜入市。

ADX 在高位出现掉头向下的情形时，只有在 ADXR 同时向下的条件下才能确认股价运动趋势的反转。

ADX 自低位脱离 20～30 这一区域向上攀升时，不管股价将会上涨还是下跌，都将延续一段行情，此为买进或者卖出信号。究竟是买进信号还是卖出信号，需要结合其他技术指标（如 KDJ、SAR 等）加以辅助判断。

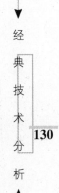

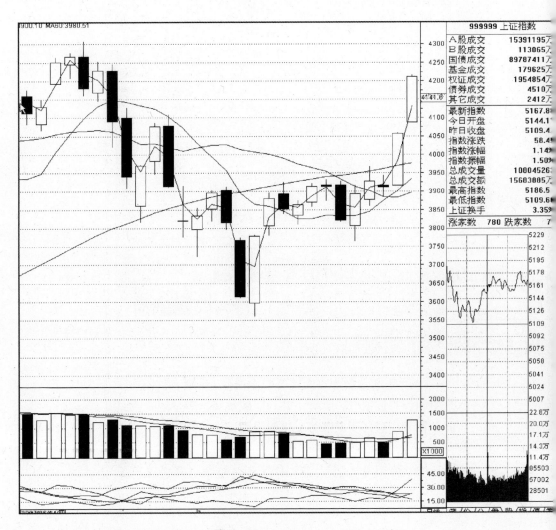

图 2-34

从上图我们可以看到当 ADX 处于低位时，表明＋DM 和—DM 比较靠近，多空双方的较量难分难解，这个时候表现为趋势不明，就是平时常讲的牛皮整理阶段。

（三）均线差指标（DMA）

1. 基本含义

均线差指标（Difference of Moving Average，DMA），是通过计算机两条不同时间参数的移动平均线之间的差值（DMA），再以其中较小的时间参数为基础计算平均线差的平均值（AMA）而得来的。它以 DMA 与 AMA 之间的相对关系来研判股价未来之趋势。从计算公式来看，DMA、AMA 同 MACD 具有相似之处。不过 DMA 所取大小不同的时间参数分别为 10 和 50。而且，在实际股价图表中，DMA 是一根实线，AMA 是一根虚线。

2. 计算公式

DMA＝MA（10）—MA（50）

AMA＝DMA/10

其中，DMA＝平均线差，通常为短期平均值减去长期平均值

MA（n）＝周期为 n 天的平均值，一般短的周期 n 取 10 日而长的周期 n 取 50 日

AMA＝平均线差均值

3. 使用方法

均线差指标是少有的方向明确，使用简单易行，但使用价值却非常高的指标，因此，我们将在后面进行详细的研究。在实际运用中，由于 DMA 出现信号的时间会提前

以及出现信号的次数较多，因此应当结合其他技术指标进行综合研判

（1）使用方法之一：当 DMA 自下而上突破 AMA 时，是买进信号。它代表新一轮上升趋势的形成，是中长线介入的良机，这样的信号并不多见，因此，我们要珍惜每一次 DMA 自下而上突破 AMA 的时机。

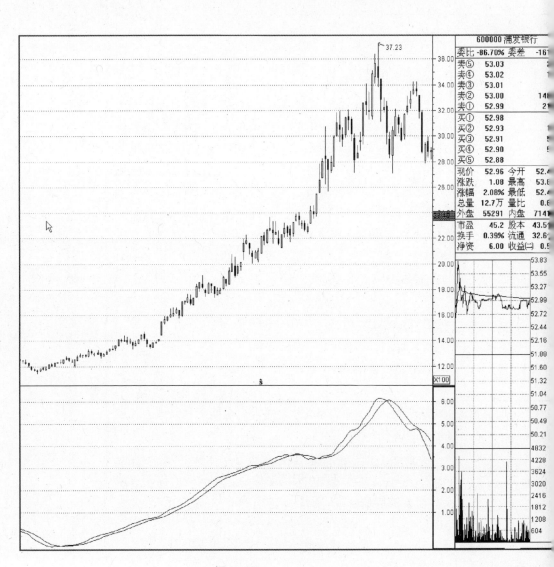

图 2—35

2006 年 8 月份，浦发银行 DMA 自下而上突破 AMA，代表浦发银行上升趋势确立，这时是个绝佳的中长线买点，之后浦发银行股价一路攀升，连续大涨几倍。

（2）使用方法之二：当 DMA 自上而下跌破 AMA 时，是卖出信号。代表空方夺取的主动权，上升趋势被逆转，下降趋势形成，这个信号的出现是绝佳的中长线卖出时机。

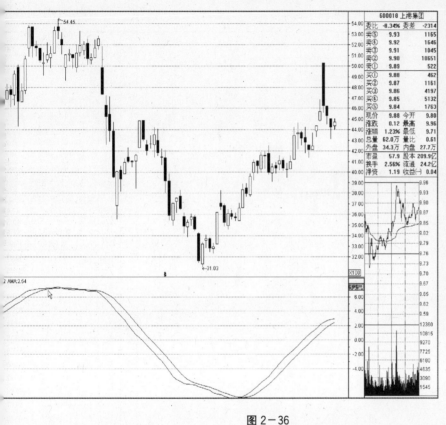

图 2—36

2007 年 5 月份上港集团出现 DMA 自上而下跌破 AMA，这意味着上港集团上升趋势被逆转，一轮下跌趋势将到来，不到半个月，上港集团就出现大幅暴跌。

第二章 形态的应用

（3）使用方法之三：如果 DMA 在高位两次向下跌破 AMA，则未来
股价下跌的幅度将会较大。代表空方已聚集了巨大的做空动能，一轮猛烈
的下跌将会出现。

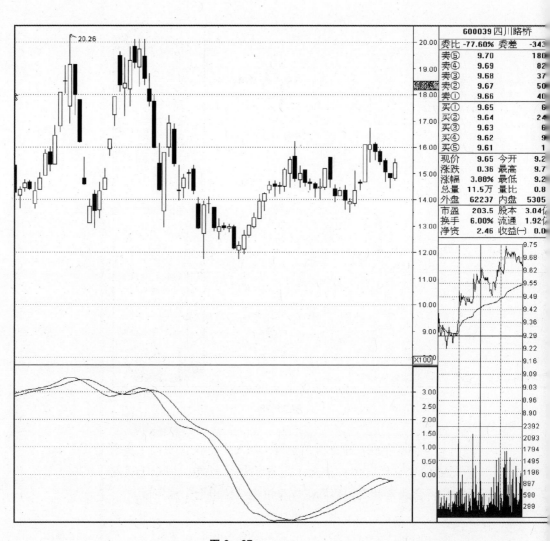

图 2-37

2007 年 5 月至 7 月份，四川路桥连续出现 DMA 在高位向下跌破
AMA，预示着四川路桥将会出现大幅度的下跌，随后，四川路桥果不出所
料大幅度的下跌。

（4）使用方法之四：如果 DMA 在低位两次向上突破 AMA，则未来股价上跌的幅度将会较大。它代表多头集聚了足够的做多动能，一轮上升趋势将会非常壮观。

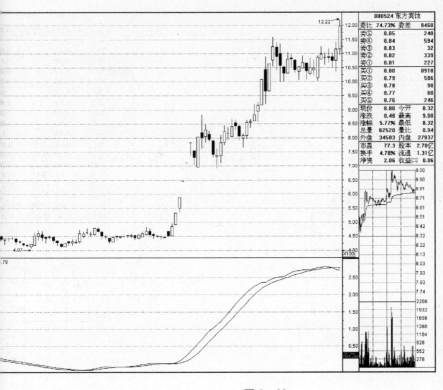

图 2－38

2006 年底，东方宾馆出现 DMA 在低位两次向上突破 AMA，它代表多头集聚了足够的做多动能，一轮上升趋势将会非常壮观，随后东方宾馆连续拉出七个涨停板。

第二章　形态的应用

（5）使用方法之五：股价连续两次或三次创出新低，而 DMA 并未相应出现新低，则视为买进信号，此为底背离，它意味着牛市的到来；若股价连续两次或三次创出新高，而 DMA 并未相应出现新高，则视为卖出信号，此为顶背离，它预示着熊市的到来。

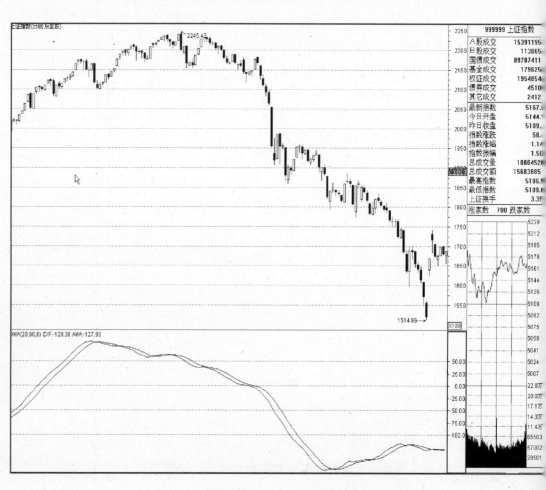

图 2-39

2001 年上半年，牛市并没有多少迹象要结束，但若股价连续两次或三次创出新高，而 DMA 并未相应出现新高，出现明显的顶背高，这预示着行情将会现现反转，随后中国股市出现了五年熊市。

（四）三重指数平滑移动平均线指标（TRLX）

1. 基本含义

三重指数平滑移动平均线（Triple Exponentially Smoothed Moving Average，TRIX），是在指数平均数（EXPMA）的基础上发展起来的，将每天的收盘价连续进行三次指数平均数处理就得到 TRIX。同是，还需要对 TRIX 计算成为移动平均值，得到 TMA。TRIX 指标以其在长期趋势中消除股价短期波动的干扰而著名，加之在短期行情或盘整行情中经常产生假信号，因而此乃一长线操作指标，适合于没有时间密切关注股市的投资者。

2. 计算公式

AX→BX→TRIX→TMA

其中

AX＝单个指数平均值，即将每日收盘价计算为 12 日指数平均数（EXPMA）

BX＝双重指数平均数，即自第 13 日始将每日 AX 计算为 12 日指数平均数

TRIX＝三重指数平均数，即自第 25 日始将每日 BX 计算为 12 日指数平均数

TMA＝TRIX 移动平均值，即自第 33 日始将每日 TRIX 计算为 9 日移动平均值

三重指数平滑移动平均线指标的使用方法非常简单，但却非常有效。TRIX 是一个长线操作指标，不适合于短期行情和盘整行情。

我们下面一一详解。

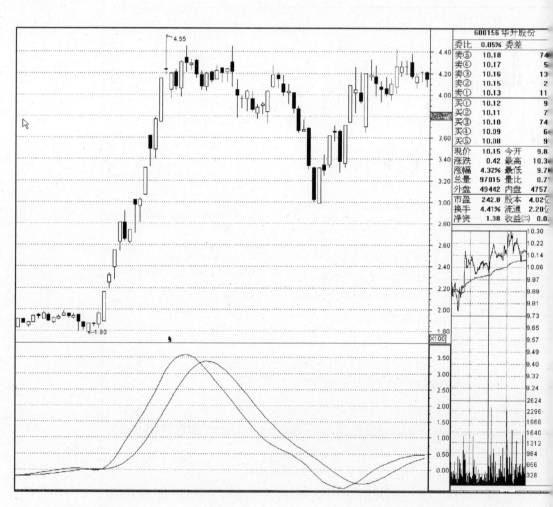

3. 使用方法

（1）使用方法之一：当 TRIX 自下而上突破 TMA 时，为买进信号。代表熊市已走到尽头，一轮上升趋势形成，买进并坚决持有是这时的操作原则。

图 2-40

2006 年 4 月份，华升股份 TRIX 自下而上突破 TMA，代表前期的整理格局已宣告结束，一轮上攻行情将展，其后，华升股价股价连续暴涨，一个多月的时间内股价暴涨近三倍。

（2）使用方法之二：当 TRIX 自上而下跌破 TMA 时，为卖出信号。代表上攻行情已结束，代之而来的是下降趋势，当这个信号来临的时候，我们应果断离场，虽然很多投资者不愿意看到这样结果，但事实往往很可怕，离场是最英明的选择。

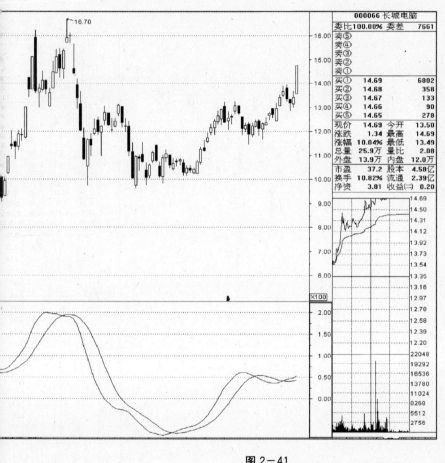

图 2-41

从上图我们可以看到长城电脑股价 TRIX 自上而下跌破 TMA，这预示着可怕下跌将来临。离场观望是最佳决策。

（3）使用方法之三：当 TRIX 与股价产生背离现象时，应随时注意行情可能发生反转。也就是说，若股价连续两次或三次创出新高时，TRIX 并未相应出现新高，此时当是卖出信号，代表下降趋势将形成；若股价连续两次或三次创出新低时，TRIX 亦未相应出现新低，此时当是买进信号，代表牛市将来临。

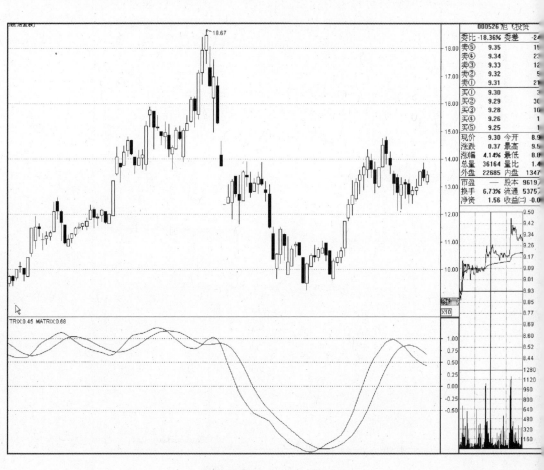

图 2-42

从上图我们可清晰地看到旭飞投资出现 TRIX 与股价产生背离现象，股价创出新高后，但是 TRIX 并未跟随创出新高，代表做多的力量在逐渐的减弱，相应的做空的能量却在悄然加强，一轮下跌在所难免。

（五）腾落指标（ADL）

1. 基本原理

    腾落指标（Advance Decline Line，ADL）是通过计算每个交易日价格上涨股票数和价格下跌股票数之间差值的累计结果，将其与综合指数进行对比，来研判大盘未来趋势的一种"人气"指标，也叫上升下降曲线。它可以弥补股价指数在采用总股本或流通股本加权计算时对小盘股的"歧视"缺陷，降低股价指数受到少数大盘权重股左右的程度，从而更加真实地预测未来大盘的走势。从其定义或计算公式中见，腾落指标重在对大盘未来相对趋势的研判，而不看中取值的绝对大小。此外，它具有领先大盘出现上涨或下跌的趋势，但不能发出明显的买卖信号，仅供研判大盘走势之用。

2. 计算公式

$$ADLt=\sum Nr-\sum Ng$$

$$=ADLy+Nrt-Ngt$$

其中，

ADL＝腾落指标

Nr＝一个交易日内价格上涨股票的数量

Ng＝一个交易日内价格下跌股票的数量

$\sum Nr$＝自开始交易以来所有 Nr 的总和

$\sum Ng$＝自开始交易以来所有 Ng 的总和

t＝今日，y＝昨日（脚标）

3. 发现趋势

如果 ADL 与股价指数同步上升，并创出新高，则可以确认大盘的上升趋势，在短期内股价指数将继续看涨。如果 ADL 与股价指数同步下降，并创出新低，则可以确认大盘的下降趋势，在短期内股价指数将继续看跌。如果 ADL 和股价指数都保持着上升趋势，但股价指数却在中途发生回档现象，随后又回复到上升趋势之中并创出新高，则表明多头市场特征明显，回档时为买进信号。如果 ADL 和股价指数都保持着下降趋势，但股价指数却在中途发生反弹现象，随后又回复到下降趋势之中并创出新低，则表明空头市场特征明显，反弹时为卖出信号。

4. 背离原则

（1）如果 ADL 已经连续上升了较长一段时间，而此间股价指数却持续下跌，此乃底背离现象，则可以买进股票。如果 ADL 已经连续下降了较长一段时间，而此间股价指数却持续上涨，此乃顶背离现象，则应当卖出股票。

（2）如果股价指数进入高位区域，股价开始下跌，而 ADL 呈现上升趋势，继续创出新高，呈现顶背离现象，这代表上升趋势即将结束，应当卖出股票。如果股价指数步入低位区域，股价开始上涨，ADL 呈现下降趋势，继续创出新低，则表明股价指数的下降趋势即将告终，呈现底背离现象，应当买进股票。

如果股价指数进入高位区域，股价开始下跌，而 ADL 呈现上升趋势，继续创出新高，呈现顶背离现象，这代表上升趋势即将结束，应当卖出股票。如果股价指数步入低位区域，股价开始上涨，ADL 呈现下降趋势，继续创出新低，则表明股价指数的下降趋势即将告终，呈现底背离现象，应当买进股票。

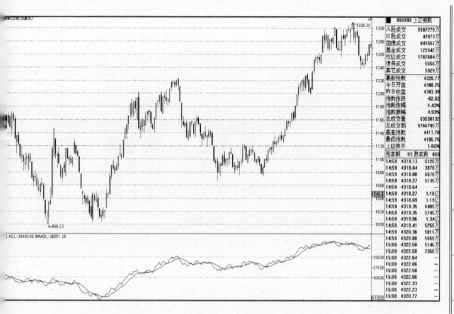

图 2－43

　　2005 年 5 月份，上证指数进入底部区域，并于 6 月份开始反弹，但 ADL 呈现下降趋势，继续创出新低，则表明股价指数的下降趋势即将告终，呈现底背离现象，这就是买进的最佳机会。

（六）相对强弱指标（RSI）

1. 基本原理

相对强弱指标（Relative Strength Index，RSI），是由美国技术分析大师雷伍先生（Robert Lev一y）所首创的，是一短中线操作的先行指标。它是以一定时期内股价的波动关系为基础，来研判未来股价运行的趋势。RSI 指标不但具有 MACD、KDJ、OBV 等技术指标的优点，而且股市实战证明极其适合于短中线尤其是中线操作，因此它已经成为一般投资者常用的中线趋势研判工具。此外，在股价技术图形中，RSI 指标设有两条线，即快线和慢线。一般地，快线的时间参数取为 6 日即 6RSI，而慢线的时间参数则取为 12 日即 12RSI。

2. 计算公式

RSI＝100×A/（A＋B）

其中，

RSI＝相对强弱指标，一般有 6RSI，12RSI 两个

A＝连续 N 日内所有上涨日价差之和

B＝连续 N 日内所有下跌日价差之和

N＝时间参数，一般取 6 日、12 日

在用法上相对强弱指标有很多种，即可以用超买超卖，又可以使用背离，又可以用金叉可死叉。我们下面一一详解

3. 使用方法之

（1）使用方法之一：RSI 的常态分布范围在 0 至 100 之间。一般说来，RSI 小于 20 表明市场处于弱势，但却是熊市末期，可以伺机买进；RSI 大于 80 则表明市场处于强势，却处于超买状态，可以逢高卖出；RSI 介于40 到 50 之间则表明市场处于盘整阶段，最好持观望态度。

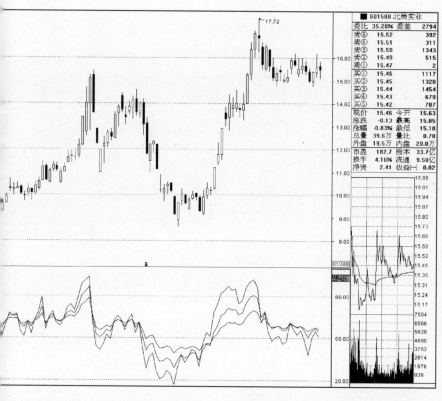

图 2-44

　　从上图可以看到，北辰实业 RSI 小于 20 时马上出现一轮上攻走势；RSI 大于 80 出现过两次，股价都出现了回调；RSI 介于 40 到 50 之间时，股价则处于盘整阶段。

第二章 形态的应用

（2）使用方法之二：如果 6RSI 在 20 以下，并且股价形态呈 W 底，则表现市场处于超卖状态，此乃买进信号。如果 6RSI 在 80 以上，并且股价形态呈 M 底，则表明市场处于超买状态，此乃卖出信号

图 2－45

东盛科技在底部出现 6 日 RSI 在 20 以下，并且股价形态呈 W 底，则表现市场处于超卖状态，此乃买进信号，随后股价出现一轮大涨走势。这种用法是指标里面少有的用法。

（3）使用方法之三：当6日 RSI 在高档自上而下跌破12日 RSI 时，代表短期趋势将下行，为卖出信号。当6日 RSI 在低档自下而上突破12日 RSI 时，代表多头取得市场的控制权，为买进信号。

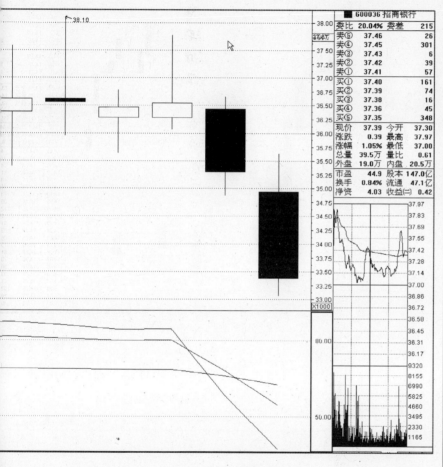

图 2－46

从上图的招商银行的走势图中我们可以看到6日 RSI 在高档自上而下跌破12RSI 时，代表短期趋势将下行，为卖出信号，之后股价连续出现大幅下跌。

（4）使用方法之四：如果在高位股价创出新高而 RSI 并未相应创新高时，出现顶背离现象，此为卖出信号；如果在低档股价创出新低而 RSI 并未相应创新低时，出现底背离现象，此为买进信号。

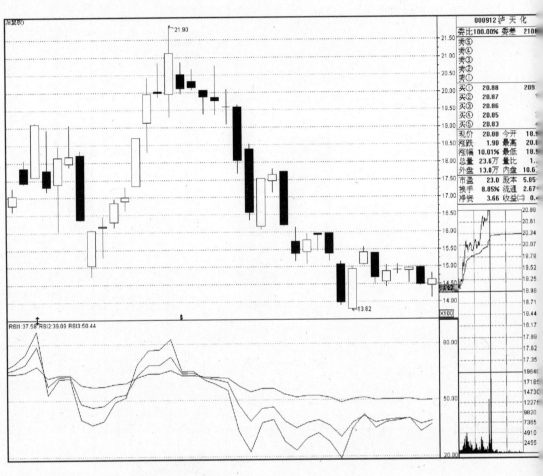

图 2—47

泸天化攻击 21 元创新高的过程中，RSI 并未相应创新高时，出现顶背离现象，这时就是卖出信号，之后股价出现连续大幅度的下跌。在底部同样，如果出现底背离应果断买入。

（5）使用方法之五：如果 RSI 在形态上出现低点位置一波比一波高的情形，则表明行情将处于一段上升趋势之中，此时的每一次回档都可以买入；如果 RSI 在形态上出现高点位置一波比一波低的情形，则表明行情将处于一段下降趋势之中，此时的每一次反弹都是卖出时机。在极强势市场中，当 RSI 在高档出现指标钝化现象而连续"碰顶"（即向上限 100 逼近），且碰顶次数达到 3 次以上时，应当逢高清仓。同样当市场极弱时，出现连续触底，应果断买入。

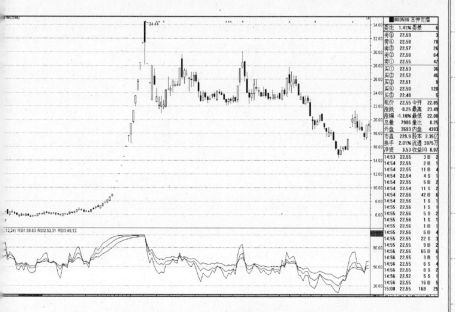

图 2—48

古井贡酒出现了一轮极强的上攻走势，RSI 在高位出现指标钝化现象且连续"碰顶"（即向上限 100 逼近），且碰顶次数达到 3 次以上时，这是明显的卖出信号，应当逢高清仓。

（七）威廉指标（W％R）

1. 基本原理

威廉指标（Williams Overbought/Oversolj Index，W％R），是美国技术大师威廉先生（Larry Williams）首创的。它根据股价波动的相对关系来研判市场人气是否处于超买或者超卖状态，从而预测股价未来的运动趋势，因此它是一个既具超买特性又有强弱分界性质的指标。在实际股价图形中，W％R值分布在 0 到 100 之间，以 50 为中界线，0 在顶部形成天线，100 在底部形成地线。同时，在理论上 W％R 指标可以用于任何时间周期的技术研判，但有股市实战中对时间参数的选取，一般多以 10 日或 14 日为主，也有以 5 日为短线、20 日为中线、60 日为长线的取值方法。

2. 计算公式

n 日 W％R＝100（H n—C n）/（H n—L n）

其中，

W％R＝威廉指标

H n＝最近 n 日内的最高股票价格

C n＝当日股票收盘价格

L n＝最近 n 日内的最低股票价格

n＝时间参数，在实际运用中常取 10 日

从时间参数的选取来看，参数越小，则在 W％R 值越大处越具有买进信号意义，在 W％R 值越小处越具有卖出信号意义，反之亦然。比如 5W％R 与 20W％R 相比，5W％R 指标在 W％R 值大于 85 时为最佳买进信号，小于 15 时为最佳卖出信号，而 20W％R 指标则在 W％R 值大于 80 时就可视为最佳买进信号，小于 20 时即可视为最佳卖出信号。

3. 使用方法

（1）使用方法之一：一般地说，W％R 数值在 100～80 区域为超卖区，当 W％R 数值二度上行至 80 以上时，为买进信号；当 W％R 进入 20～0 超买区域二次为卖出信号。

当 W％R 在中界线附近时，若自下而上突破中界线，则表明买进信号得以确认；若其自上而下跌破中界线，则表明卖出信号得以确认。

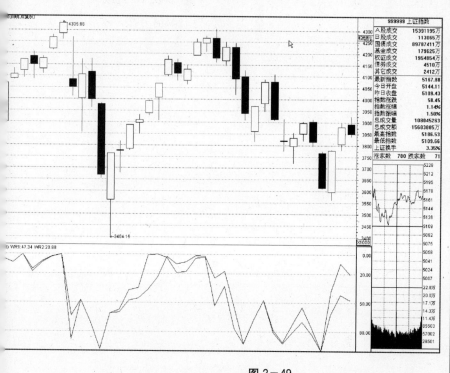

图 2－49

从上证指数的走势图表中我们可以看到当 W％R 数值二度上行至 80 以上时，为买进信号，之后股价都出现了拉升走势，当 W％R 进入 20～0 超买区域二次则出了明显的下跌走势。

（2）使用方法之二：当 W‰R 向上触及天线（W%R＝0）达到三次以上时，这是严重超买的标志，是卖出信号；当 W‰R 向下探及地线（W%R＝100）三次以上时，是严重超卖的标志，是买进信号。

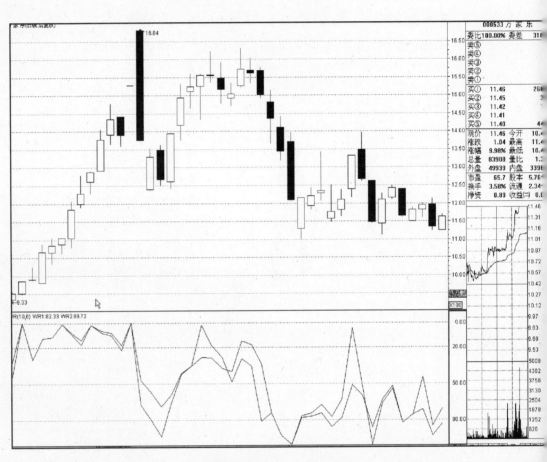

图 2－50

万家乐的 W%R 向上触及天线（W%R＝0）达到三次以上，这预示着股价被严重超买，已积聚了巨大风险，存在着大量的获利盘，筹码已非常不稳定，是卖出信号，股价随后出现暴跌走势。

（八）随机指标（KDJ）

1. 基本原理

　　随机指标（Stochastics，KDJ）是由美国人乔治·拉恩首先提出的。它综合了相对强弱指标（RSI）、移动平均线（MA）和动量等概念的优点，结合快速移动均线（K）、慢速移动均线（D）和辅助线（J）等来研判短期行情的趋势。在实际图表中，KDJ指标表现为三条曲线，即K线、D线和J线。其中，K线移动快速，对股价变动十分敏感，D线移动缓慢，对股价波动的反映较为迟缓，而J线则是对买卖信号进行确认的反应线。此外，KDJ指标对于研判中长期行情作用不大，但它却是一个非常有用的短线操作指标。今天，短线买卖活动依然在国内股市上继续流行，从而使KDJ指标得到了广泛运用。

2. 计算公式

　　今日K值＝2/3×昨日K值＋今日RSV

　　今日D值＝2/3×昨日D值＋今日K值

　　J值＝3×D值—2×K值

　　其中，

　　K＝快速移动线值，计算首日取为50

　　D＝慢速移动线值，计算首日取为50

　　J＝辅助线值

　　n日RSV＝100×（Pt－Ln）/（Hn－Ln）

　　其中，

RSV＝未成熟随机值

Pt＝今日收盘价格

Hn＝最近 n 日内的最高价格

Ln＝最近 n 日内的最低价格

n＝时间参数，一般取为 9

3. 使用方法

KDJ 指标中三个指标的取值范围都是从 0 到 100，可以划分为三个区域。一般地说，K、D 取值在 20 以下为超卖区，在 80 以上为超买区，其余范围则为徘徊区；J 的取值在 0 以下为超卖区，在 100 以上为超买区，其余范围则为徘徊区。

除非 KD 指标出现钝化现象，如果 K、D 两线同时进入超买区（或者超卖区），则可以视为明显的卖出信号（或者买进信号）。

当 KD 指标出现高位钝化现象，而 K 线又两次穿越 D 线时，可以视为明显的卖出信号；当 KD 指标出现低位钝化现象，而 K 线又两次穿越 D 线时，可以视为明显的买进信号。

K 和 D 的值可以用来判断趋势运行方向，当 K、D 值都在 50 以内时，表明行情处于多头市场；当 K、D 值都在 50 以下时，表明行情处于空头市场。

D 线是一条慢速移动均线，其技术意义较强。一般地，当 D 值低于 20 时，处于超卖区，短线股价将可能发生反弹；当 D 值高于 80 时，处于超买区，短线股价将可能发生回档。

（1）使用方法之一：当 K 值在 20 左右，并从 D 线右侧自下而上突破 D 线时（即所谓"右侧金叉"），为短线买进信号。K、D 两线相交次数越多，金叉位置越低，越是买进时机。当 K 值在 80 左右，并从 D 线左侧自上而下跌破 D 线时（即所谓"左侧金叉"），为短线卖出信号。K、D 两线相交次数越多，死叉位置越高，越是卖出时机。

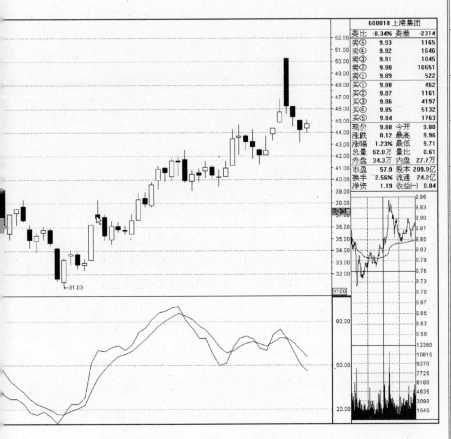

图 2-51

　　上港集团的走势图上出现 K 值在 20 左右，并从 D 线右侧自下而上突破 D 线时（即所谓"右侧金叉"），这时便是短线买进信号，随后上港集团股价出现了一轮快速上涨行情。

155

第二章　形态的应用

（2）使用方法之二：当 KD 处于高档（50 以上），并连续两次形成依次向下的峰，而股价却继续上涨时，即为"顶背离"现象，是卖出信号；当 KD 处于低档（50 以下），并连续两次形成依次向上的谷，而股价却继续下跌时，即为"底背离"现象，是买进信号。

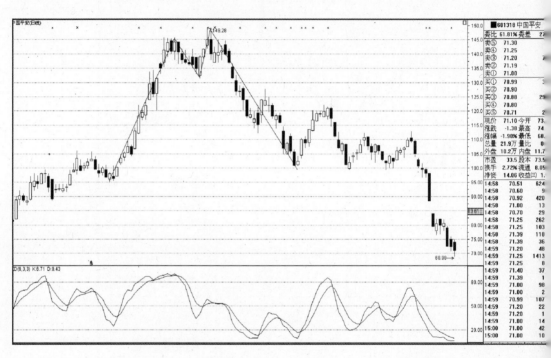

图 2－52

2007 年 10 月 10 日中国平安创出一高点，10 月 25 日中国平安股价突破这个高点，但是 KD 值却没有跟随上升，KD 处于 50 以上高位，连续两次形成依次向下的峰，而中国平安的股价却继续上涨，出现明显顶背离现象，是卖出信号。此后中国平安股价一路下跌。

（3）使用方法之三：当 J 值小于 0 时，股价将会形成底部，应当伺机买进；当 J 值大于 100 时，股价将会形成头部，应当逢高卖出。由于 J 线的买卖信号不常出现，因此一旦出现，其技术性可靠度相当高。

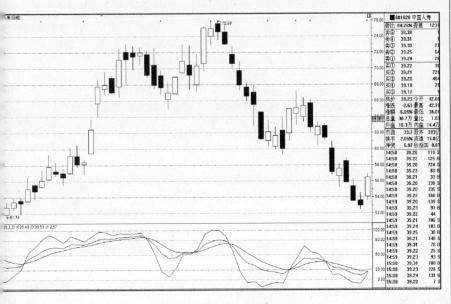

图 2-53

2007 年 10 月 30 日，中国人寿 J 值大于 100，这代表中国人寿股价将会形成头部，应当逢高卖出。事实果然如此，中国人寿从此见顶回落，形成一轮大跌走势。

第二章　形态的应用

（九）顺势指标（CCI）

1. 基本含义

顺势指标（CCI）是一种研判股票价格是否超出常态分布范围的技术分析方法。它的基本出发点在于，为投资者提供一种既不错过每次上涨行情而又能够缩短持股时间的技术工具。在实际操作中，不少投资者经常买了就套而被迫捂股，不但没有抓住黑马，反而与套牢作伴。对此，美国一些技术分析人士经过深入研究和定量分析，提出了一些解决问题的方案。其中，顺势指标CCI就是一个比较有名的技术性方案。它要求投资者只在行情出现明显买进信号时方可入市，也就是捕捉行情的主升浪，否则宁可持币观望。此外，CCI的常态区域在—100～＋100之间，在此范围之外则称为异常区域，而上下限的两条线分别称为天线（＋100）和地线（—100）。

2. 计算公式

$$CCI= [An—B (An\ n)] / [\alpha \times C (n)]$$

其中，

CCI=顺势指标，理论上的波动范围为（—∞，＋∞）

但是常态行情区域为（—100，＋100）

An=第 n 日的中间价格

B（n）=最近 n 日中间价格的移动平均值

C（n）=最近 n 日中间价格的一阶均差

α=系数，一般取值为 15％

n=时间参数，一般地取 14

3. 使用方法

（1）使用方法之一：一般地，CCI 在常态区域不具有技术分析意义，其间股价运行视为盘整阶段，而只有在 CCI 突破常态区域时才具有买卖信号的研判价值。当 CCI 从常态区域自下而上突破天线（＋100）时，表明股价运行脱离常态区域而进入主升浪阶段，这是买进信号。

图 2－54

2007 年 3 月 26 日上港集团 CCI 从常态区域自下而上突破天线（＋100），这意味着股价将摆脱盘整格局，进入一轮强势上攻状态，是买进良机。从 3 月 26 日开始上港集团股价出现连续大幅上涨。

第二章　形态的应用

(2) 使用方法之二：当 CCI 从常态区域自上而下跌破地线（—100）时，表明股价运行脱离常态区域而继续和下探底，这是卖出信号。当 CCI 从天线之上方而向下跌破天线时，表明股价进入常态区域将盘整运行，此为卖出信号。

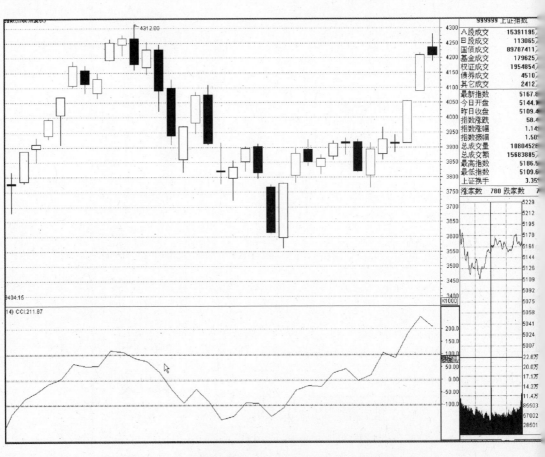

图 2—55

2007 年 6 月 20 日，上证指数从 CCI 从天线之上方而向下跌破天线，表明股价进入常态区域将盘整运行，此为卖出信号，此后上证指数连续下跌。

（3）使用方法之三：当 CCI 从地线之下方而向上突破地线时，表明股价探底成功将向上脱离底部，此为买进信号。这一点同前面突破天线不一样，突破天线代表股价从盘整进入主升浪，这里则是预示着从底部进入主升浪。

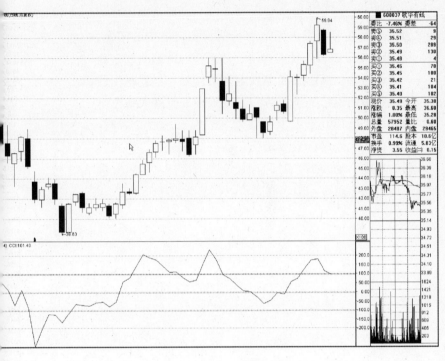

图 2—56

2007 年 7 月 9 日，歌华有线 CCI 从地线之下方而向上突破地线时，表明股价探底成功将向上脱离底部，此为买进信号。此后，歌华有线股价连续大涨，一个月上涨近 50%。

第二章　形态的应用

（十）变动速率指标（ROC）

1. 基本含义

变动速率指标（ROC）一种通过计算不同交易日收盘价之间的差异增减比率来研判买卖时机的技术方法。其理论基础是基于一种股价形态——箱形的形态意义，它研究的是在股价突破箱形后行情将如何演变的问题。在股价图形中，ROC 指标通常设有以 0 轴线为中心的天心（即超买线）和地线（即超卖线）各一条，位置越高的天线的技术意义越强，位置越强的地线的技术意义也越强。一般地说，一条天线和一条地线的位置大致在＋6.5 和—6.5 处。通常地，ROC 在 0 轴线上下波动，当在 0 轴线上方时，若继续向上运行，表示股价的上涨动能继续增强，而若向下运行，则表明股价上涨动能正在减弱；当在 0 轴线下方时，若继续向下运行，表示股价的下跌动能继续加强，而若向上运行，则表明股价下跌动能正在减弱。

2. 计算公式

$$ROC = AX/BX$$

其中，

$$AX = P - BX$$

$$P = 今日收盘价$$

$$BX = N 天前的收盘价$$

$$N = 12，一般地$$

经典技术分析

3. 使用方法

如果 ROC 在向上有效突破天线后继续朝上行，则表明股份将极其可能继续上涨，上涨行情将进入快速拉升阶段，此时即使回档也要持股以继续坐轿；如果 ROC 在向下有效跌破地线后继续向下行，表明下跌行情进入急剧掼压阶段，此时即使反弹也要持币以继续观望。

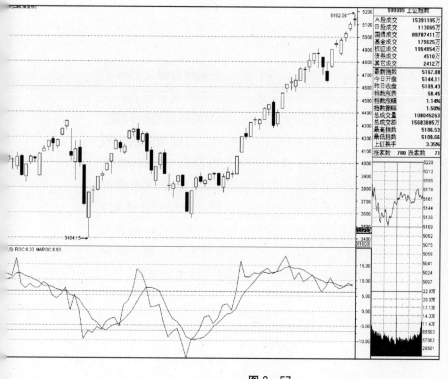

图 2－57

　　2007 年 7 月 20 日，上证综指 ROC 在向上有效突破天线后继续朝上行，表明上涨行情将进入快速拉升阶段，此时即使回档也要持股以继续坐轿。此后上证指数进入一轮主升浪行情，一直上攻到 6100 点。

（十一）涨跌比率指标（ADR）

1. 基本含义

涨跌比率指标（Advance Devline Ratio，ADR），是通过计算连续多个交易日价格上涨股票累计与体重上跌股票累计之间的比值，来研究和判断多空两大阵营的比较优势地位，从而预测未来大盘运行趋势，因此又称为回归式腾落指数，也叫上升下降比。与 ADL 指标一样，它也是仅供研判大盘走势之用的指标。对于 ADR 来说，其时间参数的选取一般以 10 为主，而其本身的取值在实际运用中一般以 1 为多空分界线（或波动中心）、在 0 至 3 之间波动，其常态区域通常为 0.5－1.5。而且，时间参数越大则常态区域越小，反之，时间参数越小则常态区域越大。

2. 计算公式

$$ADR（n）=（\sum Nr）/（\sum Ng）$$

其中，

ADR＝涨跌比率指标

Nr＝一个交易日内价格上涨股票的数量

Ng＝一个交易日内价格下跌股票的数量

$\sum Nr＝$ n 个交易日内所有 Nr 的总和

$\sum Ng＝$ n 个交易日内所有 Ng 的总和

n＝时间参数，一般取值为 10

3. 使用方法

（1）使用方法之一：超买超卖。超买超卖是 ADR 的基本用法，一般情况下，ADR 在常态区域 0.5－1.5 之间，表明多空双方大致势均力敌，股价指数波动不大；而 ADR 在 0.5 以下时，表明市场进入超卖状态，意

味着大盘将筑底而后上涨，应伺机买进股票；而 ADR 在
1.5 以上时，表明市场进入超买状态，意味着大盘将做头
而后下跌，应逢高卖出股票。

（2）使用方法之二：确认趋势。ADR 象成交量一样，
可以确认趋势运行状态，如果 ADR 与股价指数同步上升，
则可以确认股价指数的上升趋势，在短线上股价指数的士
继续看涨。如果 ADR 与股价指数同步下降，则可以确认
股价指数的下降趋势，在短线上股价指数将继续看跌。

（3）使用方法之三：背离原则。背离原则是 ADR 的
用法之一，如果 ADR 处于上升趋势之中，而股价指数却
呈现下跌势头，表明出现底背离现象，则在短线上股价指
数将会发生反弹行情，可以伺机回补。如果 ADR 处于下
降趋势之中，而股价指数却呈现上涨势头，表明出现顶背
离现象，刚在短线上股价指数将会出回档行情，可以逢高
出局。

股价连续创出新高，但 ADR 却呈现一波比一波低的
走势，这就是顶背离，预示着行情将反转向下。同样，股
价连续创出新低，但 ADR 却呈现一波比一波高，属于底
背离，这预示着牛市将要到来。

（4）使用方法之一：穿越原则。如果 ADR 自下而上
突破 0.5，并在 0.5 附近来回徘徊一段时间，则意味着空
头市场即将进入末期，可以视为买进股票的信号.

如果 ADR 首先下降至常态区域下限 0.5 附近，然后
很快就上升到常态区域上限 1.5 附近，则意味着多头力量
异常强大，一般股价指数将会出一轮凌厉的上涨行情.

股价连续创出新高，但 ADR 却呈现一波比一波低的
走势，这就是顶背离，预示着行情将反转向下。同样，股
价连续创出新低，但 ADR 却呈现一波比一波高，属于底
背离，这预示着牛市将要到来。

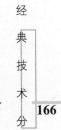

图 2-58

　　2005年8月至9月份，上证指数连续形成两个高点，但 ADR 却呈现一波比一波低的走势，这就是顶背离，预示着行情将反转向下。随后上证指数就走出一轮调整行情。

（十二）超买超卖指标（OBOS）

1. 基本含义

　　超买超卖指标（Over Bought and Over Sole，OBOS），是一定时期内价格上涨股票的累计数与价格下跌股票的累计数之间的差值，来研判目前市场的强弱状况，从而预测市场运行的短期趋势。这里的"一定时期"，也就是时间参数，通常界定为10个交易日。既然是差值，那么就不难知道 OBOS 的平衡位置是 0，即多空双方势均力敌。如果 OBOS 大于 0 的话，则表明多方占据优势地位，反之，如果 OBOS 小于 0 的话，则是空方占据优势地位。而且，OBOS（10）的常态区域一般在−600～＋700之间，超出这一区域则视为非常态区域。此外，从 OBOS 的定义可知，它也是一个仅供分析大盘运行短线趋势之用的技术指标。

2. 计算公式

$$OBOS\ (n) = (\textstyle\sum Nr) - (\textstyle\sum Ng)$$

其中，

Nr＝一个交易日内价格上涨股票的数量

Ng＝一个交易日内价格下跌股票的数量

$\sum Nr=$ n 个交易日内所有 Nr 的总和

$\sum Ng=$ n 个交易日内所有 Ng 的总和

N＝时间参数，一般取值为 10

3. 使用方法

（1）使用方法之一：确认趋势。一般来说，当 OBOS 大于 0 时，表明大盘处于多头市场，而且其值越大大盘越是强势；当 OBOS 在 0 上下徘徊时，表明大盘处于盘整阶段；当 OBOS 小于 0 时，表明大盘处于空头市场，其值越小大盘越是弱势。

如果 OBOS 与股价指数同步上升，且 OBOS 大于 0 的话，则预示大盘将继续看涨，应采取做多策略，即买进持股。如果 OBOS 与股价指数同步下降，且 OBOS 小于 0 的话，则预示大盘将继续看跌，就采取做空策略，即卖出持币。

（2）使用方法之二：超买超卖。如果 OBOS 低于－600 的话，则表明市场进入超卖状态，可以考虑买进股票。如果 OBOS 高于＋600 的话，则表明市场进入超买状态，可以考虑卖出股票。

（3）使用方法之一：形态分析。我们前面讲解的所有技术形态都适用于 OBOS，例如：如果 OBOS 在高档形成

M 头的话，为卖出信号；如果 OBOS 在低档形成 W 底的话，为买进信号。其它技术形态同样如些，遵循我们技术形态的使用方法。

（4）使用方法之一：背离原则。如果股价指数连续上涨，而 OBOS 却呈下降之势，出现背离现象，则表明大盘股票下跌居多，大盘可能将会转弱，应当考虑卖出股票。

如果股价指数连续下跌，而 OBOS 却呈上升之势，出现背离现象，则表明大盘股大多上涨，大盘可能将会转强，应当考虑买进股票。

如果股价指数连续上涨，而 OBOS 却呈下降之势，出现背离现象，则表明大盘股票下跌居多，代表领导市场的主力出货，大盘可能将会转弱，应当考虑卖出股票；如果股价指数连续下跌，而 OBOS 却呈上升之势，出现背离现象，则表明大盘股大多上涨，大盘可能将会转强，应当考虑买进股票

经典技术分析

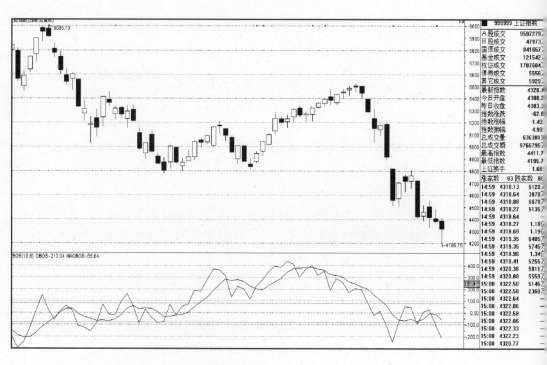

图 2—59

如图所示：2008 年 1 月份，上证指数连续攀升，但是 OBOS 却呈下降之势，出现背离现象，则表明大盘股票下跌居多，代表领导市场的主力出货，大盘可能将会转弱，应当考虑卖出股票。

(十三) 乖离率指标 (BIAS)

1. 乖离率原理

乖离率指标是从移动平均线派生出来的一项技术指标。所谓乖离率 (BIAS) 是指当日指数与平均线偏离的程度，或当日股价与平均线偏离的程度。它是运用股价指数与移动平均值的比值关系，观测股价偏离移动平均线的程度，以此决定投资者的买卖行为，简称 Y 值。一般在应用上，可按照投资者进出的期间，区分为 5 日乖离率与 13 日或 21 日乖离率，作为短、中、长期投资研判的参考标准，当然也可进一步研判整个大势的乖离率。

2. BIAS 的计算公式

$$乖离率 = \frac{当日指数 - 指数移动平均数}{指数移动平均数} \text{ 或}$$

$$乖离率 = \frac{当日股价 - 股价移动平均数}{股价移动平均数}$$

例如：当日某股股价为 9，13 日平均线为 10，代入公式：bias＝ (9－10) /10＝ －10％，乖离率为－10％，说明最近 13 日买进该股票的人平均的亏损率是 10％。

3. BIAS 买卖时机

乖离率与移动平均值一致时，偏率为 0，说明股价处天盘整阶段。如果乖离率为正值时，乖离率在移动平均线上方，说明股价处于上升趋势。如果乖离率为负值时，乖离率在移动平均线的下方，说明股价处于下跌趋势。

一般情况下，Y 值偏离移动平均线的界定范围大体在 15％至－15％。即：当 Y 值在 0 至 15％时，代表股价处于上升趋势。当 Y 值在 0 至－15％时，代表股价处于下降趋势。

4. BIAS 操作法则

当乖离率过高适宜卖出，乖离率过低适宜买进。

当 5 日乖离率自底部向上突破 13 乖离率时，代表趋势进行拉升阶段，为买进时机。

当 5 日乖离率自高峰向下跌破 13 日乖离率时，代表趋势由上升逆转为下降趋，为卖出时机。

当 5 日乖离由负值转为正值，代表买进信号。

当 5 日乖离由正值转为负值，为卖出时机。

当 5 日乖离跌破－25 时，表示股价超跌情形严重，随时有可能进行反弹，买进风险有限，可逢低吸纳。

当 5 日乖离超过 25 时，表示股价已处于高位，获利盘随时可能将股价打压下来，应逢高卖出。

当 5 日乖离呈急涨或急跌走势时，预示股价势震荡历害，多空分歧较大，随时有可能反转。

股价与 8 日平均线乖离率达 8% 以上为超买现象，可卖出。股价与 21 日平均线乖离率达 13% 以上为超卖现象，可卖出。

如果 5 日乖离率大于 13 日乖离率，表示短期趋势在强势区运行，当 5 日乖离率低于 13 日离率时，表示短期趋势运行在弱势区。

超乎常态的正乖离时，勿买进做多，超乎常态的负乖离出现时，勿卖出做空。

5. 使用方法

乖离率的金叉和死叉用法和很多指标相同，但它同时又具备了超买超

卖警示功能，还可以判断趋势的方向，是一个不可多得的
指标。

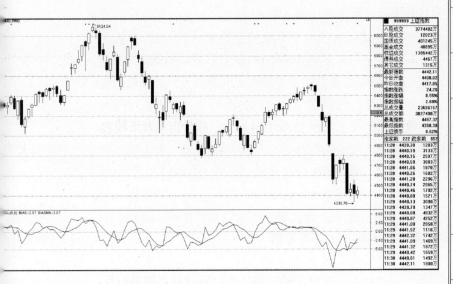

图 2－59

　　2007 年 12 月 19 日和 11 月 28 日，上证指数 5 日乖离
率自底部向上突破 13 乖离率代表趋势进行拉升阶段，为
买进时机，上指指数从当天起都出现了一轮反弹走势。
2008 年 1 月 14 日，上证指数 5 日乖离率自高峰向下跌破
13 日乖离率时，代表趋势由上升逆转为下降趋，为卖出时
机，随后上证指数出现暴跌。

第三节　量价指标

（一）意愿人气指标（BRAR）

1. 基本原理

　　前面我们介绍的指标多是以价格和成交量为分析标
的，这里我们介绍一种以人气为分析标的的指标——意愿

指标。意愿指标（BRAR）实际上是两个技术指标的拼合，指意愿指标（BR）和人气指标（AR）。其中，意愿指标（BR）以相反理论为基础，选择昨日收盘价格作为多空双方力量对比的均衡点，通过相对价格的波动与市场买卖意愿之间的相互关系来研判未来行情的演变。在它的指导下，投资者可以站在少数人的一方（因为股市中少数人总是对的），在大多数人看好市场行情时卖出股票，而在大多数人看淡市场行情时买进股票。人气指标（AR）则以今日开盘价作为多空双方力量对比的均衡点，并根据市场积聚的人气来反映和预测未来行情潜在的发展趋势。可见，意愿指标与人气指标只是从不同角度来选择买卖人气强弱的均衡点，都是根据相对均衡点的距离远近来描述多空双方的买卖气势，从而预测市场的未来走势。因此，它们都是买卖气势指标，通常两者结合运用。此外，从取值上看，BR与AR的均衡点都是100，BR（或AR）大于100表示多头占据优势，而BR（或AR）小于100则表示空头占据优势。不过，BR指标可能会小于0，此时则将BR视为0来处理。

2. 计算公式

$$BR = 100 \times BuS(n) / BeS(n)$$

其中，

BR＝意愿指标

BuS（n）＝ n 日的多头力道强度总和

BeS（n）＝ n 日的空头力道强度总和

BuS＝多头力道强度

BeS＝空头力道强度

BuS＝今日 H－昨日 F，当 BuS 小于 0 时则取 0

BeS＝昨日 F－今日 L，当 BeS 小于 0 时则取 0

$$AR = 100 \times UP(n) / DW(n)$$

其中，

AR＝人气指标

UP（n）＝n日的向上推力总和

DW（n）＝n日的向下重力总和

UP＝向上推力

DW＝向下重力

UP＝今日H－今日S

DW＝今日S－今日L

H＝最高价格

L＝最低价格

S＝开盘价格

F＝收盘价格

n＝时间参数，一般取值为26

3. 使用方法

一般情况下，当BR在70～150之间时，表明市场处于盘整阶段，多方仅仅稍占优势；当AR在80～120之间时，表明市场处于盘整阶段，不表示明显的趋势。这些阶段不是我们操作的重点，我们下面介绍下对我们操作有实际指导意义的用法。

（一）使用方法之一：一般来说，当BR小于40时，表明空方力量极强，但却预示随时可能发生反转上涨行情，可以考虑买进；而当 BR 大于 400 时，表明多方力量极强，但却预示随时可能出现反转下跌行情，应当考虑卖出。

　　一般来说，当 AR 小于 60 时，应当考虑买进股票；而当 AR 大于 180 时，应当考虑卖出股票。

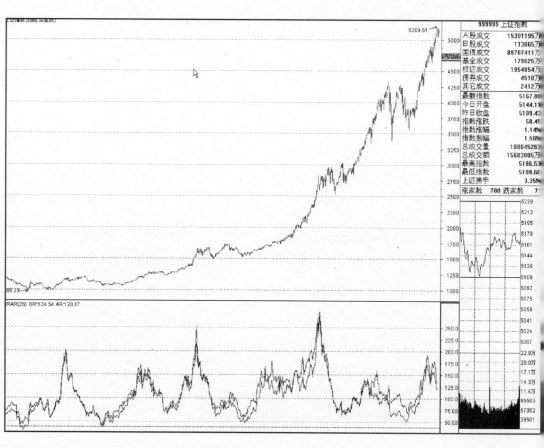

图 2－60

　　2006 年 8 月份，上证指数 AR 小于 60，这代表短期下降趋势已走到尽头，很快将反转向上，上证指数随后展开一轮上攻行情；2007 年 1 月份，AR 大于 180，这预示着强势上攻行情已接近尾声，随后上证指数出现一轮调整行情。

（2）使用方法之二：如果 BR（或 AR）在高档转而下降，而股价仍然继续上涨，形成顶背离现象，则视为卖出信号；如果 BR（或 AR）在低档转而上升，而股价依然继续下跌，形成底背离现象，则视为买进信号。

如果 BR 连续出现两个依次下降的峰，而股价却相应出现两个依次上升的峰，形成顶背离现象，则是卖出信号；如果 BR 连续出现两个依次上升的谷，而股价却相应出现两个依次下降的谷，形成底背离现象，则是买进信号。

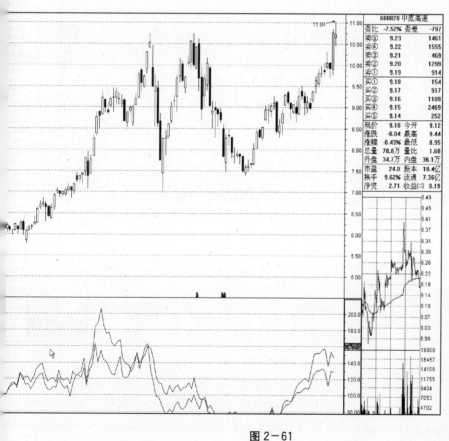

图 2—61

2007 年 5 月份，中原高速出现依次上升的波峰，但是 BR 连续出现两个依次下降的峰，这是顶背离的明显信号，预示着上涨趋势要发生逆转，随后没多久，中原高速股价出现暴跌。

（3）使用方法之三：在上升趋势中，BR 通常运行于 AR 之上方，一旦 BR 跌破 AR 并在 AR 之下运行时，则表明市场开始筑底，视为买进信号，尤其是在 AR 小于 50 的情形下。

图 2—62

2007 年 11 月 5 日，鲁能泰山一直运行在 AR 上面的 BR 跌穿了 AR，这预示着行情进入筑底阶段，为买进信号，从鲁能泰山的走势我们可清晰的看到构筑了一个底部后展开上攻行情。

（4）使用方法之四：如果 BR 快速上升，而 AR 并未相应上升而是小幅度下幅度下降或横盘，出现两个指标背离运行现象，则视为卖出信号。

如果 BR 与 AR 都呈快速上升势头，则表明股价正加速赶顶，应当考虑卖出股票。

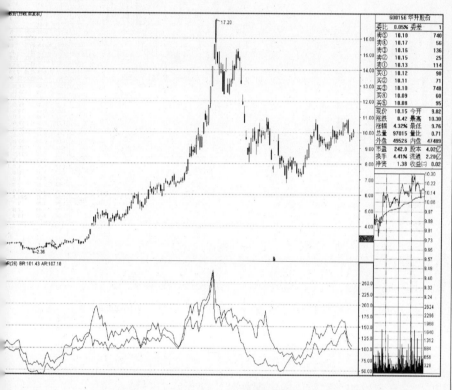

图 2-63

2007 年 4 月底 5 月初，华升股份 BR 与 AR 都呈快速上升势头，其中 AR 冲过了 180 的警戒线，预示股价正在加速赶顶，应当考虑卖出股票。之后华升股份股价一路下跌，两个月时间被腰斩。

第二章 形态的应用

（5）使用方法之五：如果 BR 与 AR 之间出现由离散走向收敛的趋势，代表行情在构筑底部，如果再度扩张就预示行情将会发生反弹，可以积极买进。

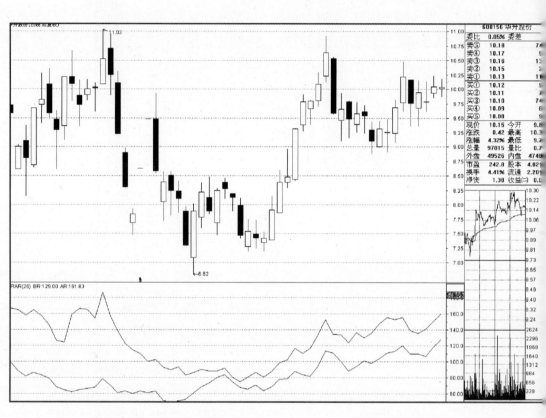

图 2-64

2007 年 7 月初，一直离散的 BR 和 AR 出现收敛，这意味着行情在筑底，随后又出现扩张，这就预示着行情要反弹。随后华升股份出现连续拉升的短期反弹行情。

（6）使用方法之六：如果 BR 在由低至高冲顶后转而下降一半，则意味着行情将会出现反弹，可以积极买进；如果 BR 在由高至低探底后转而上升一半，则意味着行情将会出现回档，应当坚决卖出。

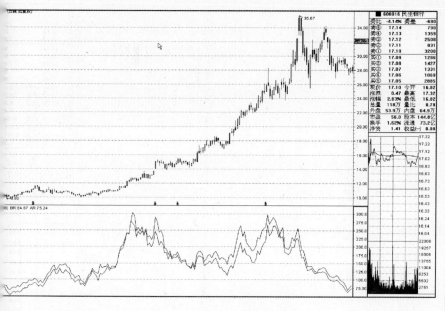

图 2－65

2006 年 6～7 月份，民生银行 BR 一直呈现上升状态，在 7 月末出现下降，但只下降到一半位置就重新拉起来，这就预示着新一轮上攻行情将出现，随后民生银行突破上行，展开一轮主升浪行情。

（二）中间意愿指标（CR）

1. 基本含义

中间意愿指标（CR）与 BA、AB 指标的基本原理是一致的，不同之处在于它是以昨日中间价格作为多空较量的均衡点。在股价图形中，除了 CR 线之外，还有比 CR 提前若干个交易日的四条 CR 平均线（即 A 线、B 线、C

线和 D 线，其时间参数分别为 10、20、40、62），它们对 CR 形成压力和支撑作用。正因为如此，CR 对未来市场趋势具有一定的预知性，从而可以弥补 BRAR 的一些缺陷。从取值上看，CR 也是以 100 为均衡点的，CR 大于 100 表明多头占据优势，而 CR 小于 100 则表明空头占据优势。但是，CR 较易出现小于 0 的情形，此时则取值为 0。此外，对于 A、B、C、D 四条 CR 平均线而言，将 A、B、C、D 四条 CR 平均线而言，将 A、B 两线之间的区域称为"副地震带"（简称副带），代表次级性压力支撑；将 C、D 两线之间的区域称为"主地震带"（简称主带），代表强力性压力支撑。

2. 计算公式

CR＝100×UP（n）/DW（n）

其中，

CR＝中间意愿指标

UP（n）＝n 日累计上涨值总和

DW（n）＝n 日累计下跌值总和

UP＝上涨值，若小于 0 则取 0

DW＝下跌值，若小于 0 则取 0

UP＝今日 H—昨日 M

DW＝今日 M—今日 L

M＝（H＋L）/2

M＝中间价格

H＝最高价格

L＝最低价格

n＝时间参数，一般取值为 26

3. 使用方法

CR 的使用方法有很多种，它的最大优点就是对底部的信号非常准确。因为它给出的信号并不是非常明确，所以它是一种辅助指标。它的使用方法分为以下几种：

⊙ 一般地，当 CR 低于 40 时，代表超跌严重，股价筑底的可能性非常大，下跌趋势可能随时结速，上升趋势将随时展开；当 CR 高于 300 时，代表超买严重，股价形成头部的可能性非常大，行情随时可能反转向下。

⊙ 如果 CR 将自下而下进入副带，则股价将会遭遇次级压力；如果 CR 将自上而下跌进副带，则股价将会获得次级支撑。

⊙ 如果 CR 将自下而上进入主带，则股价将会遭遇强力压力；如果 CR 将自上而下跌进主带，则股价将会获得强力支撑。

⊙ 当 CR 跌到 40 以下，而后重返副带（即 A、B 两线这间），同时 A 线自下而上运行时，为买进信号。当 CR 向上运行至主带和副带的上方，而 A 线自上而下运行时，为卖出信号。当 CR 向下运行到主带和副带的下方，而后从低点向下爬升 160 时，此乃短线卖出良机。

⊙ 如果 A、B、C、D 四条线大致同时相交（即形成一个粗略的交点），并且该交点位于 CR 前方若干天的位置，则此交点为股价的起涨点或起跌点。

以上五点使用方法，第一条和第五条的实战效果最佳，我们下面就重点分析这两条的用法。

（1）使用方法之一：一般地，当 CR 低于 40 时，代表超跌严重，股价筑底的可能性非常大，下跌趋势可能随时结速，上升趋势将随时展开；当 CR 高于 300 时，代表超买严重，股价形成头部的可能性非常大，行情随时可能反转向下。

图 2－66

　　如图所示：2006 年 8 月 20 日左右，华帝股份 CR 低于 40，代表华帝股价超跌严重，股价筑底的可能性非常大，股价下跌趋势可能随时结束，上升趋势将随时展开，随后华帝股份就展开了一轮大牛市行情。

（2）使用方法之二：对涨跌的起点的把握是很多投资者头疼的问题，CR 指标解决了这个问题。如果 A、B、C、D 四条线大致同时相交（即形成一个粗略的交点），并且该交点位于 CR 前方若干天的位置，则此交点为股价的起涨点或起跌点。

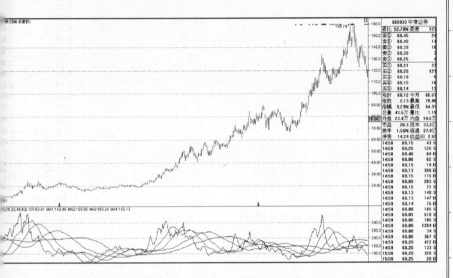

图 2－67

如图所示：2006 年 11 月中旬，中信证券出现 A、B、C、D 四条线大致同时相交，这意味着一轮行情将要展开，根据其形态我们可以判断上涨的可能性非常大，这时就是买入的良机。随后中信证券展开上攻行情。

（三）容量比率指标（VR）

1. 基本原理

容量比率指标（Volume Ratio，VR）是以量先于价而行、量价同步或背离的量价原理为基础，通过计算一定时期内上涨日成效额总和与下跌日成交额总和的比值，来研判市场买卖气势从而提供买卖时机的一种技术分析指标。它是一种比较特殊的技术指标，以成量作为分析对象，能够真实地反映买卖双方的力量对比和气势强弱状况。就容量指标的取值来看，理论上是大于 0 而趋于无穷大的，但在实际中它可以按照 VR 值的大小划分为四个区域，即低价区域（VR 在 40～70 之间）、安全区域（VR 在 80～150 之间）、获利区域（VR 在 160～450 之间）和警戒区域（VR 大于 450）。

2. 计算公式

$$VR = 100 \ (\sum VuP + 0.5 \times \sum Vcon) \ / \ (\sum Vdw + 0.5 \times \sum Vcon)$$

其中，

VR＝容量比率指标

$\sum VuP$＝N 日内所有上涨日的成交额之总和

$\sum Vdw$＝N 日内所有下跌日的成交额之总和

$\sum Vcon$＝N 日内所有平盘日的成交额之总和

N＝时间参数，一般取值为 24

3. 使用方法

超买超卖：如果 VR 下降至 40 以下，则表明市场处于超卖极区，股价走势将极有可能构筑底部，应当伺机买进。如果 VR 上升至 350 以上，则表明市场处于超买区域，股价走势随时可能发生反转，要多加警惕头部的形成。

一般来说，当 VR 处于低价区域时，可以买进；当 VR 处于安全区域时，应当持股；当 VR 处于获利区域时，可以逢高卖出；当 VR 处于警戒区域时，应当坚决卖出。

领先作用：VR 作为量为价先的化身，具有领先价格的作用。如果 VR 在低档逐渐上升，而股价并未相应上涨，代表主力正在建仓，随时行情会启动，为买进信号。如果 VR 在高档逐渐上升，而股价同时相应上涨，代表主力在出货，股价随时会下跌，是量价背离的表现，是卖出信号。

如果 VR 长时期在 150 附近徘徊，一旦上升到 250 之上时，则意味着将出现一波上涨行情，应积极买进。

适用范围：一般情况下，在低位出现买进信号比较可信，而在高位则准确率会下降，从量价分析来讲，会出现很多情况，无量上涨的凌波微步等用 VR 肯定会失误，这时应结合其他技术指标综合研判。

作为以成交量为分析对象的技术指标，VR 比较适合于研判大盘股票或热门股票，应用于一些不活跃的个股则失误率较高。

我们下面将最具有价值的用法用实例进行分析。

超买超卖是 VR 的基本用法，也是最有效的用法之一，如果 VR 下降至 40 以下，则表明市场处于超卖极区，股价走势将极有可能构筑底部，应当择机买进。如果 VR 上升至 350 以上，则表明市场处于超买区域，股价走势随时可能发生反转，一轮下跌呼之欲出，要果断离场。

第二章　形态的应用

图 2-68

2003 年 4 月份，上证指数的 VR 出现急剧上升，一度冲至 380，则表明市场处于超买区域，股价走势随时可能发生反转，一轮下跌呼之欲出，要果断离场。随后上证指数见顶回落，出现一轮急速下跌走势。

(四) 能量潮指标（OBV）

1. 基本原理

能量潮指标（On Balance Volume，OBV）是由美国著名技术大师葛兰威尔在继"葛氏八大法则"之后创立的又一大技术指标。它以上涨日和平盘日的成效量与下跌日的成交量之增减或者说起落情况来反映多空双方力量对比的变化，从而预测未来行情的演变趋势。OBV 的指标的理论基础是"量先于价而行"原理，也就是说股价的变动必须要有成交量的配合——价升量增，价降量减。对于验证目前股价运行的趋势和研判趋势可能的反转信号，它具有比较强烈的技术意义。因把每天的成交量看作海的潮汐，将股市比喻成一个潮水的涨落过程，而形象化地将 OBV 叫做能量潮。在实际股价图形中，OBV 曲线经常出现 N 字波，N 字波对于未来行情的研判具有重要的技术潮。在实际股价图形中，OBV 曲线经常出现 N 字波，N字波对于未来行情的研判具有重要的技术价值。

2. 计算公式

$$OBVt = OBVy + sgn \times Vt$$

其中

OBV＝能量潮指标，基准日的 OBV 值即当日的成交量。

V＝成交量

Sgn＝＋1，当今日股价上涨，即今日收盘价≥昨日收盘价

Sgn＝－1，当今日股价下跌，即今日收盘价＜昨日收盘价

t＝今日，y＝昨日

3. 运用法则

（1）发现趋势。一般来说，如果 OBV 曲线呈上升趋势，则表明股价将会出现一波上涨行情，其间若出现股价回档现象，应采取买进策略；如果 OBV 曲线呈下降趋势，则表明股价将会出现一波下跌行情，其间若出现股价反弹现象，应采取卖出策略。如果股价上涨（或下跌），而 OBV 曲线也相应上升（或下降），则可以确认目前的行情的上升（或下降）趋势。

（2）背离法则。如果股价上涨（或下跌），而 OBV 曲线并未相应地上升（下降），则意味着出现背离现象，预示行情将可能会发生反转，应是卖出（或买进）信号。

（3）领先原则。OBV 最大的特点就是运用了量为价先的原则，具有领先的功能，上行和下行都提前于股价运行，在盘整行情末情，OBV 曲线会率先发出突破信号，这有助于我们捕捉起爆点。

（4）N 字波用法。当 OBV 曲线显示累计出现 5 个逐渐上升的 N 字波时，视为短期回档信号。当 OBV 曲线显示累计出现 5 个逐渐下降的 N 字波时，视为短期反弹信号。

当 OBV 曲线显示累计出现 9 个逐渐上升的 N 字波时，视为中期回档信号。当 OBV 曲线显示累计出现 9 个逐渐下降的 N 字波时，视为中期反弹信号。

当 OBV 曲线显示出现不规则小型 N 字波，并且小型 N 字波持续横向盘行达到 34 天之后，一般意味着股价将会向上突破，为买进信号。

我们下面以实际案例来说明 OBV 的用法：

OBV 最大的特点就是运用了量为价先的原则，具有领

第二章 形态的应用

先的功能，上行和下行都提前于股价运行，在盘整行情末情，OBV 曲线会率先发出突破信号，这有助于我们捕捉起爆点。

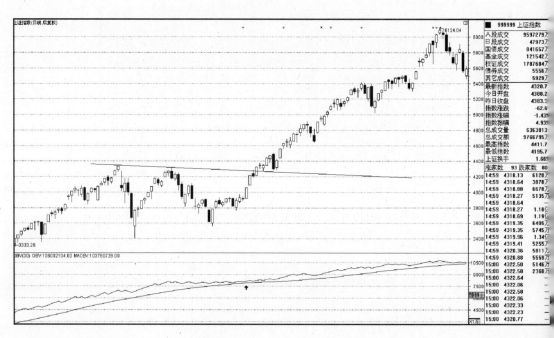

图 2-69

2007 年 7 月 20 日，上证指数收出一根中阳线，但从 K 线组合上看，依然在三角形整理的内部，并没有突破，但是从 OBV 线上看，已突破了盘整格局向上运行。事实证明，最后上证指数跟随 OBV 向上突破，形成了一轮强势上攻行情。

（五）简易波动指标（EMV）

1. 基本原理

简易波动指标（EMV），是由美国人阿姆斯·基斯（Arms Js）提出的。它以等量图原理为基础，用平均价差与成交量之间比值的累加量之平均数来反映市场人气的强弱状况，从而研判未来行情的发展趋势。简易波动指标要求采取相反理论操作策略，逆市场情绪而动，将会有良好的投资效果。在实际股价图形中，简易波动指标有两条曲线，即白线 EMV 和黄线 EMVMA，它们都以 0 轴线（绿色虚线）为波动中心。

2. 计算公式

$$EMV = \sum (DEP/Vp) /n$$

$$EMVMA = EMV (m) /m$$

其中，

$$EMV = 简易波动指标$$

$$EMVMA = m 日平均 EMV$$

$$DEP = EPt - EPy$$

$$ET = (H+L) /2$$

$$Vp = Vt/ (Ht+Lt)$$

$$DEP = 均价差$$

$$EP = 平均价差$$

$$Vp = 价量值$$

EMV（m）＝m日EMV值之和

H＝最高价格

L＝最低价格

∑＝时间参数为n的累加求和

t＝今日，y＝昨日

n＝时间参数，一般取值为14

m＝时间参数，一般取值为9

3. 运用法则

（1）可以借用葛兰威尔八大法则。将EMV当作股价，EMVMA当作移动平均线，葛兰威尔八大法则在简易波动指标里应用有很好的效果。

（2）金叉和死叉。在如果EMV自下而上突破EMVMA，就是黄金交叉，代表上升趋势形成，是买进信号。

如果EMV自上而跌破EMVMA，是死亡交叉，代表下降趋势形成，是卖出信号。

 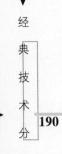

（3）一般来说，小成交量推动股价上涨会使EMV上升；股价下跌而成交量较小会使EMV下降；股价处于盘整阶段或其涨跌伴有较大成交量，则会使EMV接近0轴线。如果EMV自下而上穿越0轴线，则为买进信号。如果EMV自上而下跌破0轴线，则为卖出信号。

EMV指标是种辅助指标，它与EMVMA之间的交叉现象信号过于频繁，以EMVMA上穿或下破0轴线作为研判买卖点的依据，常常效果更佳。

我们下面针对EMV指标的金叉和死叉用法作出详解：

4. 使用方法

　　在如果 EMV 自下而上突破 EMVMA，就是黄金交叉，代表上升趋势形成，是买进信号。如果 EMV 自上而跌破 EMVMA，是死亡交叉，代表下降趋势形成，是卖出信号。

图 2-70

　　2007 年 11 月 28 日，上证指数 EMV 自下而上突破 EMVMA，形成黄金交叉，代表上升趋势形成，是买进信号，上证指数当天见底反弹，至 2008 年 1 月 14 日，EMV 自上而跌破 EMVMA，形成死亡交叉，代表下降趋势形成，是卖出信号，大盘随后一轮。

第二章　形态的应用

(六) 威廉变异离散量 (WVAD)

1. 基本含义

威廉变异离散量（WVAD）是一种成交额加权指标。其理论依据是，以收盘价与开盘价之间的价格区间作为多空对比均衡区域，在此区域之上的股价视为压力，而在此区域之下的股价视为支撑，通过研究成交额在均衡区域的分布状况来对未来行情进行研判。在实际股价图形中，只有一条白线 WVAD，理论上它在 0 轴线（绿色虚线）上下波动。一般地，WVAD在0轴线之上，表示在均衡区域之下存在较大支撑，买方力量强大，而 WVAD在0轴线之下，表示在均衡区域之上存在较大压力，卖方力量强大。

2. 计算公式

$$WVAD (n) = \sum [(A/B) 谱]$$

其中，

$$A = F - S$$

$$B = H - L$$

V = 今日成交额

F = 今日收盘价

S = 今日开盘价

H = 今日最高价

L = 今日最低价

$\sum$ = 累加求和

n = 时间参数，一般取值为 6、12、24 等，这里取 24

3. 使用方法

如果 WVAD 自下而上突破 0 轴线，则是长线买进信号；如果 WVAD 由上向下回到 0 轴附近，是回调到位的信号，可以逢低吸纳。如果 WVAD 自上而下跌破 0 轴线，则是长线卖出信号；如果由下向上至 0 轴附近时，代表反弹结束，是出货信号。如果 WVAD 在 0 轴线附近徘徊，则意味着股价处于盘整势道之中，应采取观望策略。WVAD 作为一个长线指标更有技术意义。

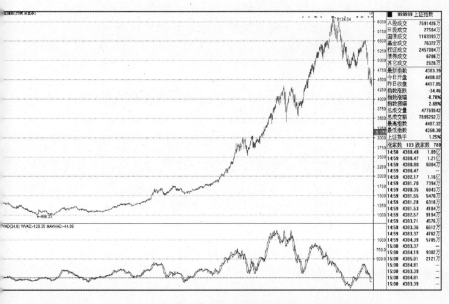

图 2-71

如图所示：上证指数几年的牛市基本都在 0 轴以上运行，中途曾经出现过几次回到 0 轴的情况，都是逢低吸纳的良机。

第二章　形态的应用

后 记

　　宇宙浩瀚无边，仍然有其运行规律。股市瞬息万变，风险莫测，但我经过十几年的研究发现，股市并不是深不可测，它仍然具有内在运行规律。如果掌握了这些规律，原本深不可测的股市就会变得十分简单。本书详细论述了如何通过空间循环来把握空间运行规律，如何运用时间循环把握时间运行规律，并与之配备了思维循环，就是希望投资者能够发现并把握股市运行规律，在实际操作中取得良好收益。

　　很多投资者基本分析无所不通，技术分析无所不精，但是最终结果却是亏损累累，原因何在？知易行难。要想在实际操作中取得良好的收益就必须坚持原则，在实践中不断磨练自己，严格自律，做到言行合一，否则，就会如赵括纸上谈兵，必将惨遭长平之惨败。

　　股市如棋步步新，行情每天都在变化，很多成功的经验随时有可能无用武之地。不断学习总结成功经验和失败教训，与时俱进，才能不被市场所淘汰。生命不息，学习不止，骄傲自满足能招致市场的惩罚，做到不断追踪市场、研究市场才能把握市场、战胜市场。

　　本系列书历经整整八年终于完成，由于对股市的执着，八年来放弃了所有和亲人相聚的时间，过着半隐居式（自我安慰）的生活，在这里只能泪谢关心我的亲人、并感谢红升国际投资公司总裁李得利先生，他让我熟悉了机构的操作手法；感谢广州博信总经理周建新先生，他独到的操盘手法让我受益匪浅；感谢我公司的全体员工为本书付出的汗水，感谢所有为本系列书提供意见的朋友们。

　　尽管笔者尽心尽力，但是因为水平有限，谬误之处、不足之处在所难免，恳求广大同仁批评指正，希望广大股民朋友多提宝贵意见。